文芸社セレクション

みかん山の魔女

中村 弘行

JN126797

文芸社

凡《はん》例

一、引用文中の旧かなは新かなに、旧漢字は新漢字に改めた（「あとがき」を除く）。
二、引用文中の改行はスラッシュ（／）を用いた。
三、人名、地名は現在の表記を使用した。
四、学習漢字（小学校で習う漢字一〇二六字）以外の漢字にはふりがなをつけた。

目次

1　見知らぬ子たち

ママとお兄ちゃんと奥湯河原の別荘《そう》に着いたのがきのうの夕方だった。ママが、大学病院に勤務しているパパに「別荘は大丈《じょう》夫だった、安心して」とスマホで連絡《らく》した。

五〇年以上前にひいおじいちゃんが建てた古い別荘だ。玄《げん》関に飾《かざ》ってあるロイヤルコペンハーゲンのイヤープレートには、猫とクリスマスローズの絵の下に〈1970〉と書いてある。

数日前、相模湾《さがみわん》から熱海に上陸した台風が湯河原、箱根を直撃《げき》した。別荘が壊《こわ》れているかもしれない、一度見てきた方がいいということになり、新型コロナ対策で多忙《ぼう》なパパ以外の私たち三人が、二泊三日の予定を立ててママの運転する車で別荘に来たのだった。

明けて今日、二〇二一（令和三）年八月一九日は朝からいい天気だった。三人でゆっくり朝食を食べたあと、おにぎりを持って、午前九時ごろハイキングに出発した。鳥のさえずりを聞きながら大きな滝《たき》を二つ見て、小さな山城の跡《あと》でおにぎりを食べた。そのあと、初めてみかん山に登った。お兄ちゃんが、みかん山のてっぺんから伊豆七島が見えるという情報を仕入れてきて、私とママを誘《さそ》ったのだ。今日のメインイベントはこれだ。

舗装《ほそう》道路からみかん山の頂上が見えた。ものの三〇分もあれば登れそうだった。しかしいざ登ってみると、みかん山は想像していたよりずっと広くて傾斜《けいしゃ》があった。入り口は舗装道路に面していて平らだったが、奥に入っていくとどんどん傾斜が急になった。

みかんの木は長い枝にたくさんの葉と青い実をつけていて、先を行くお兄ちゃんの姿を何度か見失いそうになった。お兄ちゃんは都内の私立中学の一年生でサッカー部に入っている。

二〇分ほど登ると、初島がくっきりと見える畳一畳《たたみいちじょう》ほどの平らな場所に着いた。遅《おく》れて到《とう》着したママは「ああ、疲《つか》れたあ」と草むらにしゃがみこみ、ハンドタオルで汗《あせ》を拭《ふ》いた。「聡子《さと》、水ちょうだい」と言うので、私は深緑色の布地のリュックからステンレス製の水筒《とう》を取り出してママに渡《わた》した。ママはおいしそうに水を飲んだ。

お兄ちゃんは体力があり余っているようで「もっと上に行こう。上に行けば大島も見えるはずだよ」とさらに険しい斜面を登っていった。あとに続いた私はしだいに遅れ、ママはさらに遅れた。

みかん山を三分の二ほどの高さにまで登ったあたりで、お兄ちゃんを見失った。ママを待ったが登ってこない。どこを見てもみかんの木ばかり。

私は、先ほどの畳一畳ほどの平らな場所に戻《もど》ろうと思った。途《と》中でママに会えるかもしれないと思いながらその場所にたどりついたが、ママの姿はなかった。

不安な気持ちをかかえながら「お兄ちゃーん、ママー」と叫《さけ》んだ。じっと耳をすましたが返事はなかった。私はもとの舗装道路まで戻る決心をしてきびすを返した。その瞬《しゅん》間、足が滑《すべ》り崖《がけ》から落下した。

私の名前は上野聡子。生まれたのは二〇一一年の九月二二日。今どき、名前に「子」のつく女の子はほとんどいない。私が通う練馬区立S小学校の五年二組では私一人だ。私の名前は、七年前の二〇一四年に八〇歳《さい》で亡《な》くなったひいおばあちゃんの名前をもらったものだ。ママに「どうして私はひいおばあちゃんと同じ名前なの」ときいたことがある。

「それはね、お誕生日が一緒《しょ》だったからよ」

なるほど、と一応納得はしたが、本当のことを言うと、私は聡子という名前があまり好きではない。理由は簡単。古くさい感じがするからだ。親友の「夏希」や「沙也加」みたいな今風の名前がいい。

ひいおばあちゃんが亡くなったとき、私は三歳だったのでひいおばあちゃんのことはほとんど覚えていない。ひいおじいちゃんはもっと前に亡くなったので、まったく覚えがない。

別荘に一冊の古いアルバムがある。それには二人の写真が貼《は》ってある。別荘に来るたびになんとなくそのアルバムを眺《なが》める。すると二人の人生がおよそわかる。ひいおじいちゃんは永井医院という個人病院の院長だった。ひいおばあちゃんは小学校の音楽の先生だった。

　昨夜も夕食のあと、ママとそのアルバムをめくった。そのときなぜか、ひいおばあちゃんの子どものころの写真に目がいった。モノクロのその写真は二枚あった。

　一枚は、「希望の光」と毛筆で書いた半紙を持って立っている写真だ。以前は気づかなかったが、半紙の左端《はし》に小文字で「四年二組　円城寺聡子」と書いてあった。

「ねえ、ママ。これなんて読むの？」

「エンジョウジサトコよ」

「永井聡子じゃないの」

「結婚《こん》する前は円城寺という名字だったの。結婚して永井聡子になった」

「そっか、初めて知った。変わった名字」

　ママは私の驚《おどろ》きにはそれほど気をとめず、こう言った。

「聡子、この写真を見るたびに思うけど、あなた、本当にこのころのひいおばあちゃんに似ているね」

もう一枚は、ひいおばあちゃんがたくさんの友達と一緒の集合写真だ。背後には木造二階建ての立派な建物が写っている。写真の下のラベルにはこう書いてある。

横浜市立F国民学校五年一組　昭和一九年八月　湯河原の共栄館にて

「国民学校って戦時中の小学校の名前だよね」

「うん、そうよ」

「S小の平和学習で習った」

「これは学童集団疎《そ》開の写真よ」

「学童集団疎開も習った。終戦の前の年、東京や横浜など都市部の小学生は親元を離《はな》れて田舎《いなか》に疎開した。親戚《せき》を頼《たよ》って疎開したのが縁《えん》故疎開。親戚のない子たちは集団疎開」

「そうそう、よく知っているじゃない」

「共栄館というのは旅館？」

「そうよ、温泉旅館」

「いいな」

「よくないわよ。疎開は旅行じゃないのよ。いつ帰れるかわからない。そんなの楽しい？」

「そうか」

「シラミって知ってる？」

「シラミ？」

「じゃ、しらみつぶしは？」

「しらみつぶしに調べる」

「そう。そのシラミ。米粒《つぶ》大の寄生虫。下着の縫《ぬ》い目にびっしりひそんでいるシラミを一つずつ取って爪《つめ》でつぶしまくったそうよ」

「だから、徹《てっ》底的にという意味なのか」

「そう。徹底的。けどそれでも取り切れないときは、全員の下着を大釜《がま》で煮《に》たんだって。すごい風景ね。それでもダメだったらしい。シラミは下着だけじゃなく布団《とん》や畳にもひそんでいるからね。最後までシラミには悩《なや》まされたって言ってたわ」

「最後って？」

「戦争が終わって横浜に帰ってくるまでよ」

「でも、温泉はうらやましい」

「そう思うでしょ。実は、ママもそう思った。温泉地に疎開なんてちょっとラッキーじゃない。軽い気持ちでそんなことを言ったことがあるの。そしたらね、ひいおばあちゃん、こわい話をしてくれたわ」

「どんな？」

「性病検査を受けた話。別の温泉地に集団疎開した国民学校の女子児童が、何人も性病に感染したらしいの。その感染源が温泉風呂だった。そのため、温泉地に疎開した児童全員が性病検査を受けることになった」

「ええ！　小学生で性病検査。衝撃的《しょうげき》」

「そうよ、学童疎開は暗くて辛《つら》いことばかりだったと言っていた」

目を開けると、みかんの木と青い空が見えた。しばらく気を失っていたようだ。鳥のさえずりが聞こえる。体のあちこちが痛い。夏の太陽が大きく西に傾《かたむ》いていた。

喉《のど》の渇《かわ》きを覚え、リュックから水筒を取り出して水を飲んだ。リュックには、水筒以外には最近パパに買ってもらった『NEOポケット鳥』という新書サイズの鳥の図鑑《かん》が入っているだけだ。

静かだった。何の音もしない。

しばらくして、私を呼ぶ声がした。小さな声。じっと耳をすまさないと聞こえないほどの小さな声。

「聡子、聡子」

お兄ちゃんの声ではない。女性の声だ。しかし、ママの声ではない。子どもの声だ。

「聡子、聡子」

声の主は不明だが、心細さのあまり私は、「はーい、聡子はここでーす」と叫んだ。

その声が届いたのか、今度は複数の女の子の声が私を呼んだ。私はさらに声を張り上げて「はーい、聡子はここでーす」と叫んだ。

「あっ、いた。聡子がいたよ」

黒い色の長ズボンをはいた首の長い子がそう言って近づいてきた。リュックを背負っている。見たことのない子だった。その後ろにも二人の女の子がいて、その子たちの顔も見覚えがなかった。皆《みな》、リュックを背負っていた。

「あなた、誰《だれ》？」

「清子よ。なにバカなこと言ってるの」

「…」

「しっかりしてよ」

「崖から落ちたみたい」

「けがはない？」

「大丈夫」

「見つかってよかったわ。日が暮れないうち早く寮《りょう》に帰りましょ」

「寮？　私は別荘に帰りたい」

「えっ」

「ひいおじいちゃんが作った別荘があるの」

首の長い子は、二人の女の子を見ながら言った。

「初耳だよね、聡子んちが別荘持っているという話。それ、どこにあるの？」

「奥湯河原」

「奥湯河原には旅館が三軒《けん》あるだけよ」

「あるの。その旅館の先の箱根寄りのところに。近くに川があって橋がかかっている」

「すごいね、別荘なんて。うらやましい。いつか私たちにも見せてね」

「私はそこに帰りたい」

「ダメ。勝手な行動は許さないわよ。さあ、行くわよ。はい、真知子、先頭に立って。続いて京子ね、そのあとに聡子がついて、私がしんがり。日が暮れないうちに帰りましょ」

清子という子はリーダーのようだった。真知子と呼ばれた子は、「はい」と返事をして先頭に立った。髪《かみ》をツインテールにしていた。

私は唇《くちびる》を噛《か》んだ。ここでこの子たちと別れて一人になっても、このみかん山から出る自信がなかった。この際、この子たちの言う通りにしてみかん山の出口まで連れて行ってもらい、舗装道路に出たら別れよう。そこでママが待っているかもしれないし。

私は小柄《がら》な京子という子の後ろについた。京子はなで肩《かた》なので、すぐにリュックがずり落ち、そのつど背負い直していた。みかんの枝をよけながら二〇分ほど歩くと、みかん山から出た。しかし、舗装道路ではなくまったく見覚えのない草だらけの農道だった。私は焦《あせ》った。

日が暮れ、あたりが暗くなり始めていた。私は三人と別れて一人で行動する自信をすっかりなくしていた。農道からやがて広い道に出た。同時に、川のせせらぎが聞こえてきた。自分のいる位置がわからない。

ママとお兄ちゃんはどこにいるの？　この子たちは誰？　なぜ私を知っているの？

「あのう、清子さん、どこへ行くのですか？」

「清子って言ってよ、気持ち悪い。決まってるでしょ、私たちの寮よ」

「寮って？」

「忘れたの？　私たちの泊《と》まっている旅館よ。今日で三日目よ」

「何の三日目？」

「どうしたの？　学童疎開でしょ」

学童疎開？　マジで？

それって戦時中のことじゃない。なんで私が戦時中にいるのよ。私は平成生まれよ、最近発売された鳥の図鑑だって持ってる。見せたらわかるわ、と思ったとき、肩が妙《みょう》に軽いことに気づいた。

「ちょっと待って。さっきの場所にリュックを置いてきちゃった」

「もう暗いから、明日にしなさい。こんなとこ、誰も来ないわよ。薪《まき》はいっぱい拾ったから大丈夫」

この子たちは薪拾いをしていたのだ。背負っているリュックの中身は薪。薪拾いの途中でみかん山に迷い込んだ聡子という友達を探し出し、寮に帰るところ。きっと、その聡子という子に私はそっくりなのだ。

ちょっと待って、学童疎開だなんて、そんなことがあるわけがない。それが現実なら、私は戦時中にいることになる。

ひょっとしてタイムスリップ？　お兄ちゃんが六年生のとき、社会科の宿題で、好きな過去にタイムスリップしてその時代の人物や出来事をレポートしなさいというのが出されたことがある。「聡子ならいつの時代にタイムスリップしたい？」ときくので、「明治時代。福沢諭吉の秘書になってアメリカやヨーロッパに行くの」と答えた。

「で、どんなことをレポートするんだ」

「もちろん食べ物。アメリカやヨーロッパで何を食べたのか、どんな感想を持ったのかを調べる」

いや、タイムスリップは想像上の話だ。あり得ない。

わかった！　この子たちは、林間学校か何かで湯河原に来た。清子は根っからの俳優志望で、無類の演劇好き。どこまで素人《しろうと》を演劇に引きこめるか、力試しをしているのだわ。

そうでなければ、これは拉致《らち》という立派な犯罪よ。拉致なら警察に訴《うった》えてやる。

しだいに温泉のにおいがしてきた。街なかに入ったようだった。やっとわかってきた。この道は湯河原駅と奥湯河原を結ぶ一本道だ。進行方向が湯河原駅、逆方向に行けば奥湯河原。私は前を行く京子って子にきいた。

「ねえ、これをまっすぐに行けば湯河原駅よね。反対方向が奥湯河原よね」

「そうよ、ほら」

京子が指を指したのは、大きな楕《だ》円形の石の道標だった。湯河原駅と奥湯河原の方向が矢印で正反対に示されていた。私たちは、ちょうど中間地点にいるようだ。私はふり向きざま清子に言った。

「私、道がわかったから、やっぱり別荘に帰る」

「ダメよ、ダメ。そんなことを許したら私たちが先生に叱《しか》られるでしょ。それに、寮はもう目と鼻の先よ」

清子は私の肩をつかみ私の体を半回転させると両手で私の背中を押《お》した。

急にせせらぎの音が大きくなった。川にかかった石橋を渡り始めたのだ。外灯《とう》に照らされた「湯河原温泉旅館　共栄館」の看板が見えてきた。共栄館の文字を見た瞬間、足元がふらついた。なんてことだ。ママと見たあの写真の旅館だ。

そのとき、男の人の声がした。

「やあ、君たち。共栄館にいる横浜市立F国民学校の子たちだよね。きのうも会ったね。今日はこんな遅《おそ》くまでどこにいたのかね？」

「袴田《はかまだ》さん、聡子がみかん山に迷い込んだので遅くなったのです」

袴田さんと呼ばれた男の人は学生帽《ぼう》をかぶって白衣を着ていた。

「聡子ちゃん、きのうの腕《うで》の傷はどう？　見せてごらん」と、私の水色のブラウスの袖《そで》をまくり上げた。

「良かった、化膿《のう》していない。かさぶたになり始めているね、大丈夫だよ」

私は腰《こし》を抜《ぬ》かしそうになった。私は左腕にけがなどしていない。きのうは練馬の家を昼過ぎに出た。夕方、奥湯河原の別荘に着いて掃除《そうじ》をし、車で駅前のスーパーマーケットに買い物に行った。終始Tシャツ姿だったが、腕に怪我などしなかった。夜は、別荘でママと冷やし中華《か》を作った。キュウリを切るとき包丁を使ったけど怪我はしなかった。

なのに、なのに、私の左の二の腕には、まるでカミソリのようなものですっと切った五センチほどの傷跡があり、その部分が赤紫《むらさき》色のかさぶたになりかけていた。

「聡子ちゃん、山に行くときは今着ているような長袖がいいよ」

今朝、別荘を出るときママに同じことを言われた。

「聡子、今日は山に行くから長袖シャツとズボンにしなさい」

それで私は、水色のブラウスと焦《こ》げ茶色の長ズボンに着替《が》えたのだ。

かさぶたをこすってみた。ヒリヒリした。現実だった。顔から血の気が引くのがわかった。

私の頭はおかしくなったのか。

ツインテールの真知子が言った。

「聡子、きのう、藤《ふじ》木川の川原に下りるとき、ススキで切ったこと忘れたの？」

「……」

「通りかかった袴田さんが消毒してくれたのも？」

「……」

清子が袴田さんという人に向かって、

「聡子、みかん山で崖から落ちたのよ。そのとき頭を打ったかも」と言った。

「聡子ちゃん、ちょっと頭を見せてごらん」

その人は私の頭を触診《しょくしん》し始めた。

私は首をかしげようとした。といっても、頭は大きな手でつかまれているので、首を傾けることはできず、心の中で首をかしげた。

と同時に、しだいにわかってきた。私の体は何かの拍子《ひょう》に私の知らない別の体になっている。

「吐《は》き気やめまいはない？」

「ないです」

その男の人は「大丈夫じゃないかな」と私の頭から手を離し、清子に向かって「何かあったら連絡して。前島館にいるから」と言った。

私は決断した。今日はこの子たちの言いなりになろう。このまま寮に行こう。そして、旅館で大人の人にわけを話して私の身柄を交番に渡してもらおう。そして、ママに連絡を取ってもらおう。

そう考えたら少し落ち着いてきた。私は前を歩いている小柄な京子にそっときいた。

「ねえ、私たち何人で泊まっているんだっけ？」

「女子六〇人よ」

「先生は？」

「二人よ。おとといの夜、聡子、家が恋《こい》しいって泣きじゃくり、奥山先生に添《そ》い寝《ね》してもらってたじゃない」

「もう一人は？」

「竹内先生でしょ。ああ、もう話しかけないで、おなかぺこぺこなんだから」

私もおなかと背中がくっつきそうなくらい空腹だった。

共栄館に着いた。玄関の柱時計が午後六時半を指していた。女の人が五人ずらっと並んで待っていた。

2　タイムスリップ

玄関で私たちを待っていた五人の女性は、あとでわかったことだが、一人は五〇歳くらいの小柄な女将《おかみ》さん。着物にモンペ姿だった。女将さんの名前は西田テツ。ご主人を早くに亡くし、女手一つで二人の男の子を立派に育てた。しかし、二人とも兵隊にとられたとのことだった。二人の先生は、奥山美知子先生と竹内キヌ先生。共に二〇代前半の若い先生だった。奥山先生は大きな目をした小太りの先生で、竹内先生は眼鏡《めがね》をかけた小柄な先生だった。二人とも優しそうな先生だった。

残りの二人は寮母さんだった。一人は、四〇過ぎの和江さん。和江さんの夫はF国民学校の教師で、少し離れた別の寮の寮長をしていた。二人には子どもがいないので、和江さんは寮母になって学童疎開生活のお手伝いをしているのだ。もう一人は、寛子《ひろ》さんという三五歳くらいの戦争未亡《ぼう》人。陸軍軍曹《そう》だった夫は二年前の八月、ガダルカナル島（＊1・122ページで説明）で戦死した。

清子たち三人はリュックの中の薪を玄関脇《わき》の大きな箱に入れた。一階の大広間には、すでに子どもたちが集まっていた。夕食の配膳《ぜん》は終わり、私たちを待っているようだった。

清子たちは靴《くつ》をぬいで、急いで二階に上がった。私も続いた。

本当は、玄関で泣きわめいて誰か大人の人に事情を聞いてもらうつもりだった。が、どういうわけか二人の先生の優しそうな顔を見たとたん、このまま流れに乗ってもいいかという気になった。泣きわめくのはいつだってできる。もう少し様子を見よう、本当にタイムスリップしたのか、確かめよう。

二階には二〇畳ぐらいの大きな部屋が二つあり、桜の間に「一組」、梅の間に「二組」の貼《は》り紙がしてあった。三〇人ずつ、この二つの部屋に分かれて生活しているようだった。

三人とも一組の桜の間に入った。暗い部屋に投げるようにリュックを置くと「急ごう」と叫びながら一階に下りていった。私もあとを追った。

私は空いている席に座った。蚊《か》取り線香《こう》のにおいがした。奥山先生が「今日はちょっと何人かの児童が道に迷ってしまった関係で、夕食が遅くなってしまいました。しかし、無事に全員揃《そろ》いましたので、係の人、お願いします」と言った。

係が立ち上がって、胸の前で合掌《しょう》（＊2）しながら大きな声で「はしとらば」と歌うように言い始めた。すると、全員が胸の前で合掌して「あめつちみよのおんめぐみ　そせんやおやのおんをわするな」と唱えた。その姿は、まるで宗教団体が呪《じゅ》文を唱えているようだった。

メニューはご飯とアジの干物とナスの味噌《そ》汁だった。

練馬のS小の夏休みに入る直前の給食は、わかめご飯、豚《ぶた》汁、イカの照り煮、小松菜のからし醤《しょう》油あえ、牛乳だった。エネルギーは約七六〇キロカロリー。小学校高学年の場合、給食で摂《せっ》取するエネルギーの基準は七五〇キロカロリーと決まっている。小学校五年生が一日に必要なエネルギーは二二〇〇キロカロリーだ。その約三分の一を給食で摂取する。二年生からずっと給食委員をしている私は、管理栄養士の先生が毎月の献《こん》立表を作成する作業を手伝っているからよく知っている。

S小の献立表には、献立名、食材、栄養価が書かれている。献立名には主食、おかず、牛乳が記される。食材は、体内での働きによって、赤（血、肉、骨になる）、黄（熱や力になる）、緑（体の調子を整える）に分けて記される。栄養価はエネルギーのほか、タンパク質、脂質《し》、食塩相当量が記される。

目の前にあるご飯は普通盛り、アジの干物は小さめ、味噌汁に入っているナスは四切れくらい。ご飯は約二〇〇キロカロリー、アジの干物は約一五〇キロカロリー、味噌汁は約五〇キロカロリー、総エネルギーは約四〇〇キロカロリー。足りない！　みんな黙《だま》って食べている。

全員が食べ終わり、係の号令に合わせて「ごちそうさまでした」と唱和し、後片づけをした。

そのあと、二階の桜の間に戻った。電燈《とう》が灯《とも》された部屋には行李《り》が並んでいた。各自、ふたを開けて教科書や日記を取り出していた。

行李の現物は初めて見る。しかし、行李とわかったのは塾での勉強のおかげだった。国語の読解問題で「行李」の文字と意味を知ったし、テレビの相撲《すもう》中継《けい》で行李そのものを見たことがあった。

一つだけ持ち主のいない、ふたが閉まったままの行李があった。私はその行李に近づき、ふたに貼られた名札《ふだ》を見た。

円城寺聡子

私の頭の中がバーンとはじけた。タイムスリップしたのだ。しかも、ただのタイムスリップではなく、ひいおばあちゃんの体に乗り移るタイムスリップだ。こんなことってあるの？　泣きわめきたい気持ちがこみ上げたが、ぐっとこらえ、考えた。

待て待て、国外に拉致されたわけじゃない。場所は湯河原だ。

それに、見ず知らずの人になったわけじゃない。血のつながっているひいおばあちゃんになったのだ。つまり問題は、時を超《こ》えただけだ。

「ファミリーヒストリー」というテレビ番組がある。人には祖先がある。その祖先を知る番組だ。ひいおばあちゃんは私の祖先だ。私という人間はひいおばあちゃんなしにはありえない。ということは、万が一にでも死んではならない。

ひ孫の聡子のために（つまり私自身のために）生きるのだ。

そう考えると腹がすわってきた。このまま、がんばって円城寺聡子を演じ続けよう。それが今の私のミッション（＊3）だ。

心の中でひいおばあちゃんに「開けるよ」と言ってふたを開けた。防災頭巾《きん》、ワンピース、スカート、モンペ、寝巻、教科書、日記が目に飛び込んできた。ワンピースとスカートの下には、ブラウスと下着が入っていた。下着は大きなパンツとシャツだった。

私が今はいているパンツ。ひいおばあちゃんのに比べると相当小さい。しかもワンポイントの花柄付きだ。キャミソールは今見たシャツと形が全然違《ちが》う。

近くにいた清子が「ねえ聡子、朝からそのズボン、はいていた？　紺《こん》色のズボンじゃなかった？」と言った。

「昼食のあと、今のに着替えた」しらっと言った。

「そっか」

八時半まで自習時間だった。私は日記と筆入れを持って、清子、真知子、京子が座っている長机に座った。

清子は鉛《えん》筆で絵を描《か》き始めた。真知子は計算問題に取り組み始めた。京子は手紙を書いている。室内はシーンとしていた。

私は、表紙に「横浜市立F国民学校五年一組　円城寺聡子」と書かれた日記を開いた。

昭和十九年八月十七日

私たち横浜市立F国民学校学童集団疎開組は、午後二時、東海道線で湯河原駅に到着した。湯河原に疎開したのは横浜市立国民学校百十七校のうちの六校、三年生以上六年生までの五百四十人だ。

六校が三十三の寮に分かれて生活する。寮のほとんどは温泉旅館だが、公民館や神社の社務所も含《ふく》まれている。

F国民学校は七つの寮に分かれ、私たち五年生女子六十人と先生二人、寮母さん二人は藤木川のせせらぎが聞こえる共栄館という木造二階建ての温泉旅館にお世話になることになった。寮長は奥山先生だ。

私たちを笑顔で迎《むか》えてくれたのは、女将さんの西田テツさんだった。大きな声で「六十人のかわいい女の子の母親になった私はなんて幸せ者だ」と言ってくれてうれしかった。

その日の夕食は、お赤飯、鯛《たい》のお頭つき、豆腐《ふ》の味噌汁、きゅうりの漬《つけ》物。生涯《がい》忘れられない献立となった。自習後は、先生と温泉風呂に入った。まるで修学旅行に来たような気分だった。

昭和十九年八月十八日

昨日の就寝《しん》の時、横浜の家のことを思い出して泣いてしまった。奥山先生が添い寝してくださった。こんな気弱なことではいけない。先は長い。戦地の兵隊さんのことを思えば、私たちは三食食べられるし、温泉に入れるし、布団に寝られるし、恵《めぐ》まれている。

奥山先生は私にいい言葉を教えてくれた。

気丈夫―この言葉を胸にがんばろう。

それなのに私は今日、早くも失敗してしまった。午後、藤木川で洗濯《たく》の練習があった。洗濯をするのだから半袖シャツにスカートがいいと思って、その格好で川原に下りて行ったら、ススキで左腕を切ってしまった。袴田さんが手当てをしてくれたからよかったものの、不注意だった。こんなことではいけない。もっとしっかりと行動しよう。袴田さんは臨床《しょう》実習に来ている東京の医学生だ。

ここに来る前に奥山先生から、湯河原には海軍病院があって軍医さんや傷《しょう》病兵さんがいると聞いていたが、医学生もいるとは思わなかった。

袴田さんの話によると、湯河原の海軍病院は今年の五月に開業した。本部は奥湯河原の三つの旅館。それらは診察室と軍医の宿舎になった。湯河原の十三の旅館が病棟《とう》に、三つの旅館が看護婦宿舎になった。十三の病棟は私たちの寮と奥湯河原とを結ぶ道沿いの左右に並んでいる。袴田さんは近くの前島館という病棟に傷病兵さんたちと一緒に宿泊している。今度袴田さんに会ったらお礼を言おう。明日の午後はみかん山の近くの林で薪拾いだ。

これだ、この薪拾いの途中、私はひいおばあちゃんに乗り移ったのだ。

日記の余白に、ママから聞いた話をもとにわが家の家系図を書いてみた。

円城寺聡子は戦後、小学校の音楽の先生になってすぐに永井太郎という一三歳年上の医師と結婚した。二人には敏子という名の一人娘が生まれた。

永井敏子は父親の影響《えいきょう》で内科医となり、結婚して内藤敏子になった。小石川に住んでいる六四歳になる私のおばあちゃんだ。おじいちゃんである内藤昭雄が院長をしている渋谷の内藤病院に勤めている。内藤病院は病床一二〇床の中規模病院だ。

二人には二人の女の子があり、その姉の方が私のママである内藤香織。パパと結婚して上野香織になった。上野香織は現在三八歳。二歳年下の妹は香港《ほんこん》で暮らしている。

ママは文学部出身。医学部だったパパ上野大介とは大学のサークルで知り合ったらしい。外科医のパパは今、板橋区の大学病院に勤めているが、いつかは渋谷の内藤病院を継《つ》ぐことになるのだと思う。

二人には子どもが二人いる。お兄ちゃんは上野翔《しょう》。そして妹の私は上野聡子。

頭が整理できたところで、消しゴムで消した。入浴まで少し時間があったので、私は今日の出来事を日記に書いてみた。

昭和十九年八月十九日

今日の夕食は物足りなかった。ご飯とアジの干物とナスの味噌汁。初日の「お赤飯、鯛の尾頭つき、豆腐の味噌汁、きゅうりの漬物」とはまるで違う。カロリー不足、野菜不足が問題。こんなメニューが続けばみんな病気になってしまうかもしれない。

入浴の時間になった。私は行李から寝巻と下着とタオルを取り出し、三人と温泉風呂に行った。誰にも見られないように、そっとワンポイントの花柄模様のパンツとキャミソールを着替えの下着の下に隠《かく》した。胸を触《さわ》った。ふくらみ始めたはずの胸がない。ぺちゃんこだ。そっかあ、ひいおばあちゃんはまだ胸ぺちゃんこだったのか。

私は深呼吸をして自分に言い聞かせた。大丈夫！　体は円城寺聡子でも、頭と心は上野聡子。練馬区立S小学校五年二組、担任は桜木奈美先生。パパは上野大介、ママは上野香織、お兄ちゃんは上野翔。通っている学習塾は鈴木塾。得意教科は国語と家庭科、志望校は私立J中学校、好きなスポーツは水泳、好きなスポーツ選手は大谷翔平、好きなアニメは「鬼滅の刃」、好きなタレントはサンドウィッチマン、趣味《しゅ》は料理、将来は管理栄養士になりたい。

私がこう言うと、たいていの人は「なんでお医者さんにならないの？」ときくのだけれど、私、病気治療《りょう》より毎日の食事の方が大切だと思う。パパは、現代人のほとんどが食事（過食、偏《へん》食）で病気（例えば糖尿《にょう》病、高血圧）になると言う。

「だったら病気の治療をするよりも、病気にならない食事指導をする方が先じゃない？」

「そう、それが正しい」

「正しいと知っていてどうして医者になったの？」

「本当はね、役者になりたかった」

「ええー、そうなの。でも、パパのパパも医者だったよね」

「そう。そうだけど、俺は次男だったからひょっとして許されるかもと期待した。ところがどっこい、父親も役者志望だった。志望どころか実際にやっていた。大学の演劇科を出て何年か舞台俳優《ぶ》をやったらしいが、食えなくて医学部に入り直した。そういう経歴の持ち主だった」

「えー」

「体験談を聞かされ、シメの言葉は、夢だけじゃ食えないぞ」

「それで、納得したの?」

「いや、簡単にはあきらめなかったよ」

「へえ」

「しかし最終的にはあきらめた。決め手は、データ。役者志望の人間が食える確率は、医師の国家試験合格の確率の三十分の一。どこで調べたのか知らないけどそういう数字を持ってきた」

「そうなの」

「あとは受験勉強まっしぐら。だからさ、健康とか食事とかそういう地味な、地味と言っちゃいけないな、堅実《けん》な足元のことなんか、考えたことなかったわけよ」

「ふーん、わかった。でさ、食事指導する職業って何？」

「管理栄養士。大事な仕事だよ」

だから、私は管理栄養士を目指す。そのためにS小で二年生からずっと給食委員をやっている。

大丈夫、しっかり思い出せた。頭と心はいかれていない。

温泉風呂は広々として気持ちよかった。清子が私の体をじろじろと見た。

「やっぱり、本物の聡子だよ。ほらあ、ここんとこに大きなほくろがある」

そう言って私の右わき腹を指さした。確かに大きなほくろがあった。上野聡子にはないのに。

清子は胸が高さ三センチほどにふくらみ始めていた。私もそれくらいふくらみ始めていたのに…。

真知子と京子はまだぺちゃんこだった。奥山先生が入ってきた。豊かな胸、白い肌《はだ》。

先生は私たちを見ると、「この四人はいつも仲良しね」と言った。「はい」と三人の大きな声。私も少し合わせた。

「慣れた？　疎開生活」

「少し」と清子が言った。

「私も」と真知子と京子。

私たちは二〇分ほどで風呂から上がった。桜の間にめいめい布団を敷《し》いて寝た。小さなパンツとキャミソールは、折り畳んで行李の一番下に隠した。

床《とこ》に就くなり、清子たちは寝息を立て始めた。

ママとお兄ちゃんは警察に行って私の捜索《そうさく》願を出したんだろうな、パパもおじいちゃんもおばあちゃんも心配しているだろうなと思うとなかなか眠れなかった。

明日からのことを考えた。敗戦まであと一年。私の知っている歴史の知識だと、これから日本各地は空襲《しゅう》を受ける。東京大空襲は来年の三月、横浜は五月。四月から六月にかけて沖縄戦、八月には原爆《ばく》が投下され敗戦。この程度しか知らない。

いや、待って。東京大空襲の本を読んだことがある。小石川のおばあちゃんの家に『あのとき子どもだった―東京大空襲21人の記録』という本があった。本には一枚の小さな紙がはさまっていて、「謹呈《きんてい》　内藤敏子様　本山敦子　二〇一九年六月」と書いてあった。

本山敦《あつ》子さんというのは、ひいおばあちゃんと横浜市立F国民学校で四年生の三学期まで同じクラスだった人だ。敦子さんは、家の事情で昭和一九年の三月末に東京に引っ越し、翌年三月一〇日の東京大空襲に遭《あ》って両親と妹を亡くし孤《こ》児になった。

敦子さんは戦後、ひいおばあちゃんと再会した。本ができたとき、ひいおばあちゃんはすでに他界していたので、敦子さんは娘《むすめ》である内藤敏子、つまり私のおばあちゃんにその本を送ってきたのだった。

本には東京大空襲で被《ひ》災した二一人の人の体験記が収録されていた。二一人の内訳は女性が一四人で、男性が七人だった。私は敦子さんのページを開けた。

三月九日の午後一〇時半ごろ、警《かい》戒警報が鳴った。敦子さんは逃《に》げる支度《たく》をして布団に入った。深夜、空襲が始まり、両親が「先に防空壕《ごう》に行っていなさい」と言うので、防空頭巾をかぶり五歳の妹の手を引いて防空壕に入った。土のにおいのする真っ暗な防空壕で両親が来るのをひたすら待った。すると突然《とつ》、防空壕に靴音が近づき、「何ぐずぐずしている。早く逃げないと焼け死ぬぞ」と知らない人が大声で怒鳴《ど》った。

恐怖《きょうふ》と寒さで震《ふる》えていた敦子さんは、両親の来ないうちに妹と防空壕を飛び出した。飛び出した大通りは人と荷物でごったがえし、満員電車の中身がそのまま動いているようだった。消防団の放水でびしょ濡《ぬ》れになり、火の粉と強風に押し流されて堀割《ほり》（＊4）にかかった橋の欄《らん》干へたどり着いたとき、手をつないでいたはずの妹がいないことに気づいた。叫びたいのに声が出ない。ヒュルヒュルヒュル・ザーザーという焼夷弾《いだん》（＊5）の音、飛んでくるトタン板、ゴーゴーとうなるほのお、熱風で目が開けられない。敦子さんは防空頭巾を目深《ま》にかぶり、固く目を閉じて地面をはうようにして炎《えん》熱地獄《ごく》から逃げた。

爆撃機の音がしなくなったのは、一〇日の午前二時頃。敦子さんは公園の木の幹に寄りかかって夜明けを迎えた。目に入ってきたのは、黒い色。それは、大人とも子どもとも男とも女ともわからない真っ黒い焼死体だった。強く印象に残ったのは、母親。赤ちゃんの上にうつぶせになって赤ちゃんを守っていた。母親は黒く炭化していて、赤ちゃんは焦げ茶色をしていた。

私はそこでこわくなって読むのをやめてしまった。

小石川のおばあちゃんは言っていた。その年の五月には横浜にも大空襲があった。母（ひいおばあちゃん）は疎開先の湯河原にいたから何ともなかったけど、横浜市西区藤棚《だな》町の自宅にいた母の両親は家を焼かれけがをして二人とも入院したのよって。

ということは、疎開先にいる私は空襲に遭うことはないのだ。少し安心して、私は眠りについた。

3 授業

翌八月二〇日、朝六時に起きて洗顔をし、庭に出た。昨夜は暗くてよくわからなかったが、目の前には、別荘でママと写真で見た木造二階建ての立派な建物があった。

君が代を歌い、皇居に向かってお辞儀《ぎ》をし、ラジオ体操をした。

朝食は七時半。全員が座ると食事前の呪文が始まった。

「はしとらば　あめつちみよのおんめぐみ　そせんやおやのおんをわするな」

メニューは、ご飯と塩茹《ゆ》でしたジャガイモ、ワカメと豆腐の味噌汁だった。

八時半からは授業。一時間目は、国語だった。一組の担任の先生は奥山先生だった。

私は「初等科国語」と書かれた教科書、ノート、筆記用具を持って長机の自分の席に座った。

奥山先生は「教科書の一一三ページを開けてください。『病院船』をみんなで読みましょう。八ページありますが、そんなに難しい内容ではないので、まず各自黙読《もく》をしましょう。では、今から一〇分間。はい、始めてください」と言った。

それは病院船で働く若い「私」(看護婦)の話だった。出だしの文章はこうだった。

「病室の患者《かん》はよく寝静まっています。だまって椅子《いす》に腰をおろしていると、機関の響《ひび》きと振《しん》動が、からだに伝わって来ます」

・私は患者の様子を見て回る。熱のある患者には氷をみかんの小箱の中で砕《くだ》いて用意する。船が揺《ゆ》れだし、転びそうになるが、はめ板や手すりにつかまって体を支えながら働く。酔《よ》って嘔吐《おうと》する音が聞こえる。一人の患者の容体が急変する。私は注射をして脈を診《み》るが脈が弱くなり、軍医を呼びに行く。患者は「おかあさん」と言って息絶える。つかの間の睡眠《すいみん》のあと、また私の出番となる。横になったまま靴下をはき、ふらふらと立ち上がる。病室で苦しんでいる患者の顔が浮《う》かぶ。

料金受取人払郵便

新宿局承認

2523

差出有効期間
2025年3月
31日まで
(切手不要)

郵便はがき

160-8791

141

東京都新宿区新宿1－10－1

(株)文芸社

愛読者カード係 行

ふりがな お名前		明治　大正 昭和　平成　　年生　　歳
ふりがな ご住所	□□□-□□□□	性別 男・女
お電話 番　号	(書籍ご注文の際に必要です)	ご職業
E-mail		

ご購読雑誌(複数可)	ご購読新聞 新聞

最近読んでおもしろかった本や今後、とりあげてほしいテーマをお教えください。

ご自分の研究成果や経験、お考え等を出版してみたいというお気持ちはありますか。

ある　　ない　　内容・テーマ(　　　　　　　　　　)

現在完成した作品をお持ちですか。

ある　　ない　　ジャンル・原稿量(　　　　　　　　　　)

書　名				
お買上 書　店	都道 府県	市区 郡	書店名	書店
			ご購入日	年　月　日

本書をどこでお知りになりましたか?

1.書店店頭　2.知人にすすめられて　3.インターネット(サイト名　　)

4.DMハガキ　5.広告、記事を見て(新聞、雑誌名　　)

上の質問に関連して、ご購入の決め手となったのは?

1.タイトル　2.著者　3.内容　4.カバーデザイン　5.帯

その他ご自由にお書きください。

(　　)

本書についてのご意見、ご感想をお聞かせください。

①内容について

②カバー、タイトル、帯について

弊社Webサイトからもご意見、ご感想をお寄せいただけます。

ご協力ありがとうございました。

※お寄せいただいたご意見、ご感想は新聞広告等で匿名にて使わせていただくことがあります。

※お客様の個人情報は、小社からの連絡のみに使用します。社外に提供することは一切ありません。

結びの文章はこうだ。

「内地に着きさえすれば完全な治療をする病院が、この勇士の患者たちを待っている。それまでの間どうとしてでも看護の手をつくし、無事に送り届けてあげなければ。」

目次を見ると「水兵の母」「不沈艦《ちんかん》の最後」「敵前上陸」「水師営」など戦争の話が並ぶ。こんな教科書を読んでいたのか、ひいおばあちゃんは。

私がS小で一学期の最後に読んだ国語教科書は、魚住直子作「いつか、大切なところ」という話だった。電車で二時間もかかる遠い町へ転校した男の子（五年生）が、しばらくぶりにかつての友達に会いに行く話だ。会えてうれしいのに、毎日の学校生活を共にしているわけではないのでどことなく心に風が吹《ふ》く。そういう話で、私は「あー、あるあるそういうこと」と話に入っていけたし、クラスのみんなもそう言っていた。くまおり純というイラストレーターの描いた六枚のカラーの挿絵《さし》が明るくきれいだった。

「はい、読みましたか？」

全員が「はい」と返事をした。

「誰か感想を言える人、いますか」

何人かの手が挙がった。奥山先生が「田中さん」と指名した。

「負傷した兵隊さんを運ぶ船があることを初めて知りました。病院船の看護婦さんもこの大東亜戦争を戦っている人の一人なのだと知りました」

Ｓ小の平和学習で聞いたことを思い出した。太平洋戦争という言葉は戦後にアメリカが名づけた言葉で、戦時中の日本人はみな大東亜戦争と呼んでいたと。

さらに五人が感想を述べたあと、奥山先生は言った。

「湯河原にはお国のために戦って負傷したり、病気になったりした兵隊さんが治療に来ていますね。そういう方に大きな声で挨拶《あいさつ》していますか」

「はい」という大きな声が響きわたった。


二時間目は、理科だった。私は行李から「初等科理科」という教科書を出した。

奥山先生は言った。

「今日は夏の衛生の続きをやります。五九ページの研究課題を読んでくれる人」

たくさんの手が挙がった。清子が指名された。清子は、立ち上がると読み始めた。

「蚊をたくさん取ってきて調べよう。／どんな口で血を吸うのだろう。／形・色・模様の違ったのはないか。／ボウフラを集めてきて飼っておき、蚊になるようすを調べよう。／ボウフラのいるところを探そう。／流し水にいるだろうか、たまり水にいるだろうか。／取れたボウフラをビンに入れておく。／ボウフラが、蚊になっても逃げないよう、フタをする。／ボウフラはどんな動き方をするか。／ビンにふれたり、ビンをたたいたり、明るくしたり、暗くしたり、いろいろ工夫して動き方を調べる。／ボウフラが、ときどき水面に来て止まっているのはなぜだろうか。次の実験をして考えてみよう。／実験一　コップの中の水にボウフラをとり、その中に網《あみ》を入れて、ボウフラが水面まで来ないようにする。ボウフラはどうなるか。／この実験でどんなことがわかるか。／実験二　水を入れたビンにボウフラを入れ、その水に油を浮かす。／ボウフラはどうなるか。／いろいろな油でためす。／これらの実験から、蚊を少なくする方法を考えよう。」

教科書には二枚の写真がのっていた。一枚は、水の中にいるボウフラの写真。もう一枚は、蚊が長い針を人の皮膚に突《つ》き刺《さ》し血を吸っている写真だった。

先生は言った。

「問題です。今日これを読んだのはなぜだか、わかりますか？」

私は手を挙げた。たくさんの手が挙がった。

「はい、里見さん」

「私たちの寮に蚊がいて困っているからです」

「はい、そうですね。昨夜、先生たちの部屋にも蚊がいて、耳もとにブーンと来て眠《ねむ》れなくて困りました」

「先生、どうしたのですか？」という声があがった。

「はい、お話しましょう。電気をつけて、竹内先生に寝たふりをしてもらってね、私は蚊が現れるのを待ちました。しばらくして蚊が竹内先生の腕にとまったのをパチンとたたいたら、痛い！　と言われました」

どっと笑いが起きた。

「ボウフラはどんなところにいると思いますか？　知っている人」

たくさんの手が挙がった。先生は指名した。

「田んぼ」

「水たまり」

「池」

先生は発問を変えた。

「もっと身近なところでは？」

手が挙がった。

「空き缶《かん》にたまった水」

「他には」

「植木鉢《ばち》の受け皿」

「防火水槽《そう》」

「お墓の花立て」

「竹の切り株」

「そうですね。いろいろなところにいます。次の理科の授業で教科書の実験をやってみましょう。そして蚊を少なくする方法を考えてみましょう」

一〇時過ぎに授業が終わり、自習時間になった。私は行李から教科書を全部出して並べた。

初等科国語
初等科算数
初等科理科
初等科地理
初等科国史
初等科修身（＊6）
初等科工作
初等科図画
初等科音楽
初等科裁縫《ほう》

初等科習字

すべての教科書に「初等科」とある意味がわからなかった。

清子は真知子の似顔絵を描いていた。

「横顔を描くんだ」

「真知子は髪型が特色あるからね」

確かに、髪を後頭部の高いところでツインテールにしている子はほかにはいない。

「今度、聡子も描いてあげるね」

「ありがとう」

「私もよ」と京子が口をとがらせた。

私は京子にきいた。

「ねえ京子、初等科って何だっけ？」

「以前の尋《じん》常小学校のことよ。昭和一六年の四月から尋常小学校は国民学校初等科に変わったじゃない」

そうか、S小の平和学習では戦時中小学校は国民学校になったと習ったけど、正確には国民学校初等科なのだ。

「初等科は六年間？」

「そうよ」

「初等科のあとはえっと確か？」

「高等科よ」

「そう高等科だった。それは何年間行くのだっけ？」

「二年間じゃない。それは以前の高等小学校と同じよ」

「ところで家庭科は裁縫しかないの？」

「家庭科って何よ。そんなの知らないわ」

「ごめん。えっと、家事に関係のある教科は裁縫しかないんだっけ？」

真知子の似顔絵を描いている清子が言った。

「そうよ」

「栄養や料理に関する勉強はしないのかなあ？」

「そんなの、今までしたことないよね。たぶん六年生になってもしないんじゃないの」と清子は真知子と京子を見た。

「いつするの？」

「たぶん、高等科じゃない」

料理ほど楽しいことはないのに、なぜ小学校の教科にないのだろう。食べ物は健康にかかわる大切なことなのになぜ学ばせないのだろう。

自習時間は二時間近くもあった。あちこちから「おなか、空いたね」という声が聞こえてきた。

一一時半ごろ、寮母の和江さんがやってきて「はい、係の人、下に来て支度してください」と大きな声で言った。

昼食は、醤油味の炊《た》きこみご飯とイワシの煮物とたくわんだった。見た目も良くないし、野菜が少ない。なるべくゆっくり噛んで満腹感を覚えるのを待ったが、ダメだった。

4　合　唱

午後は薪拾いだ。食事は板前さんが作る。燃料器具はかまど（＊7）だった。木炭コンロも使っていたが、主たる燃料器具はかまどだった。そのため大量の薪が必要だった。

午後一時に寮を出発した。私はひいおばあちゃんのアルミの水筒だけを肩からさげた。行李にひいおばあちゃんのリュックもあったが、考えがあって持たなかった。二人の先生に加えて寮母の寛子さんがつき添った。

昨夜渡った石橋には「藤木橋」と名前が書いてあった。海軍病院の病棟を左右に見ながらしばらく行くと、奥湯河原の三つの温泉旅館が見えてきた。「海軍病院本部」と書かれた木の札がかけられていた。

その先の細い道から山に入った。「はい、きのうはみかん山の近くの林でしたが、今日はこのあたりで薪拾いをしましょう。あまり遠くまで行かないように」という奥山先生の声で作業を開始した。

私は薪拾いをした。戦時中にタイムスリップしたのは確かなこととあきらめてはいたが、別荘のあたりはどうなっているのかを確かめたかった。私はスキを見て抜け出した。別荘は海軍病院本部から箱根方面に約一キロ行ったところにある。私は走った。見覚えのある橋に着いた。しかし、橋の先に別荘はなく、杉《すぎ》の木立があるだけだった。

仕方なく、そっと戻って薪拾いをした。午後三時ごろ、休憩《けい》時間になった。各自、水筒の水を飲んだ。私もアルミの水筒の水を飲んだ。

私は考えを実行に移した。清子に向かって、

「ねえ、きのう置き忘れたリュックを取りに行きたいから一緒に行ってくれる?」と言った。

「いいよ。でも先生に言わなくちゃ」

私が二人の先生に「みかん山に行ってきのう置き忘れたリュックを取ってきてもいいですか?」と言うと、奥山先生が「聡子ちゃん、今度は迷《まい》子にならないでね」と言った。

「はい、清子さんに一緒に行ってもらいますから、大丈夫です」

私は清子のあとについた。清子は海軍病院本部前から藤木川沿いに湯河原駅方面へと歩いた。数分後、左に曲がって草深い農道に入った。見覚えがあった。きのう、タイムスリップしたとは知らずに歩いた道だ。林が見えてきた。

「きのうはここで薪拾いをしたね」と清子。

「そうだった」と私。（本当はしていないのだけど。）

やがてみかん山に着いた。

「聡子、なんでここに迷いこんだのだろ？」

「さあ、なんでかしら」（お兄ちゃんが登ろうって誘ったから。もう、そのせいでこのありさま。）

崖の下に深緑色の布地のリュックが落ちていた。中を見ると、不思議なことに何もなかった。

「おかしいなあ」

「どうしたの？」

「水筒と鳥の図鑑がない」

「水筒はさげているじゃない」

「これじゃなくて」

「二つ持ってきたの？」

「そう。それに鳥の図鑑もなくなっている」

「さては中身だけ誰かが持って行ったのだ。悪いやつ。でも、しょうがないよ。さっ、戻りましょう。リュックはあったから良かったじゃない」


海軍病院本部の前まで竹内先生が迎えに来てくれていた。先生は眼鏡の奥の目を細めて、「聡子ちゃん、ちゃんと戻れて良かったね」と言ってくれた。

私たちが戻ると奥山先生がみんなに言った。

「じゃあ、元気に歌を歌いましょうか。何を歌おうかしら。これまで習った歌で、歌いたい歌を言ってください」

誰かが大きな声で「牧場の朝」と言った。

先生が指をタクトにして、「ただ一面に」と歌い始め、みんなが続いた。

「いいよ、もう一回歌いましょう」

歌い終わると先生は「二回目の方が良かった。声がよく揃っていたわ。じゃ、別の歌」と言った。

「冬景色《げ》」という声があがった。「さ霧《ぎり》消ゆる湊江《みなとえ》の」と先生が歌い、みんなが続いた。

私は「牧場の朝」は一緒に歌えたが、「冬景色」は知らなかった。いい歌だったので歌えるようになろうと必死で聴いた。最後の「それと分かじ　野辺の里」の意味がわからなかった。でも、一番は海の冬景色、二番は畑の冬景色、三番は山里の冬景色を歌っていることがわかった。六曲歌って帰路についた。

帰り道、みんな「おなかが空いた」と言いながら歩いた。

私は奥山先生に言った。

「先生、私、音痴《ち》です。どうしたらいいですか？」

「あら、私も音痴だったの。でもね、師範《はん》学校（＊8）のときにね、音楽の先生に、みんなの歌声に耳をすまし、その歌声に自分の声を合わせるように歌ってごらんなさいと言われて、それからうまく歌えるようになったの。聡子ちゃんもやってごらんなさい」

夕食の献立は、ご飯とサツマイモの煮物ときゅうりの漬物だった。サツマイモの煮物にはちくわが入っていた。クイズ好きのパパを思い出した。

「聡子、サツマイモの別名って何か知っているか?」

「知らない」

「ヒントを言おう。サツマって何?」

「地名、鹿児島県」

「そう、サツマイモはもともと鹿児島県で作られたイモなんだよ」

「へー」

「鹿児島県は火山県だからね。お米はあまりとれない。それでイモの栽培《さいばい》に力を入れた」

「ふーん」

「サツマイモは鹿児島県から日本全土に波及《きゅう》した。だから、他県の人はサツマから来たイモということでサツマイモと呼んだ」

「そうなんだ」

「じゃ薩摩《さつま》へはどこから入ってきたと思う?」

「わかった」

「おっ、勘《かん》がいいな」

「沖縄イモ」

「もうちょい」

「琉球《りゅう》イモ」

「正解!」

「薩摩へは琉球から来たのだ。だから鹿児島の人はサツマイモを琉球イモと呼んだ」

「そうなんだ」

「さらに言うと、琉球へは唐《とう》から来た。唐は訓読みでカラだろ。だから琉球の人たちはサツマイモを唐《から》イモと呼んだのだよ」

食べ物の名前っておもしろいな。サツマイモの別名は琉球イモ、唐イモかあ。地名が入っている食べ物ってほかにどんなものがあるのかな。そうだ、あった。練馬大根。灯台下暗し。うちの近くの畑にたくさんあるたくわん用の大根だ。などと考えながら私は、ゆっくりゆっくりよく噛んで食べた。

翌八月二一日の朝食は、サツマイモ入りおかゆと梅干。味気ない朝食。

一時間目の授業は「国史」だった。着席すると、みんな狂《くる》ったように呪文を唱え始めた。じんむすいぜい　あんねい　いとく　こうしょうこうあん　こうれいこうげん…

私がなじめないのはこれだ。この子たちはときどき宗教団体のようになる。なぜ？

私は教科書を開いた。なるほど、これかあ。「初等科国史」と書かれた表紙の裏に「御歴《ごれき》代表」とあり、第一代神武天皇から第一二四代今《きん》上天皇まで一二四人の天皇の名前がずらっと並んでいた。これを暗記しているのだ。

私は奥山先生が現れないのを変に思い、清子にきいた。

「先生、来ないね？」

「今日は暗記の時間になっているのを忘れたの。来週、当てられるのよ」

二時間目は「修身」。まったくおもしろくなかった。「初等科修身」の「日本の子ども」を読んだ。その最後に「私たちは、日本のように優れた国に生まれたことをよくわきまえて、心を立派にみがかなければなりません。そうして、体を丈夫にし、強いたくましい日本国民になって、お国のために働けることができるように、しっかり勉強することが大切です」と書いてあった。私は言いたかった。「体を丈夫」にするには、栄養のあるものを食べないといけない。なのに、なんであの食事なのよ。なぜ、食べ物と栄養に関する学びがないのよ。

自習時間もおなかが空いてしょうがなく、気持ちを紛《まぎ》らわすために、清子たちとボウフラをとりに行った。

昼食は、ご飯と梅干しとノリの佃煮《つくだ》。これだけ？　みんな黙って食べている。どうなっているの、みんな。

ただ一つの楽しみは、奥湯河原での合唱だった。その日は、「朧《おぼろ》月夜」「箱根八里」「お山の杉の子」「月の砂漠《ばく》」「夕日」を歌った。私は奥山先生に言われた通り、みんなの声に耳をすまして小さな声で歌った。すると、音程をはずさずうまく歌えた。

帰り道、清子たちと歌を口ずさみながら歩いた。藤木橋のところで袴田さんに会った。

「やあ、みんな、楽しそうだね」

おととい会ったときは暗かったので顔がよく見えなかったが、今見る袴田さんは、涼《すず》しそうな目が印象的なかっこいいお兄さんだった。

「奥湯河原の山の中で合唱のお稽《けい》古しているのです」清子が言った。

「へー、そりゃいいね」

清子がきいた。

「袴田さんの下の名前は何ですか？」

「太郎だよ」

さらに清子がきいた。

「今、いくつですか？」

「二三」

真知子がきいた。

「袴田さんの好きな女優は誰ですか？」

「原節子かな」

私もきいた。

「好きな歌は何ですか？」

「浜辺の歌。僕ね、愛知県の知多半島の海の近くの生まれなんだよ」

小柄な京子が大きな声で言った。

「私、知っています。知多半島の海に家族で行ったことがあります。海がきれい」

「そう、その通り。海がきれいだし、砂浜が広くてね、アサリやハマグリがいっぱいとれる」

真知子がきいた。

「好きな人はいるんですか？」

「いると言いたいところだが、いないんだな」

私もまたきいた。

「好きな食べ物は何ですか？」

「うーん、何でも好きだけど、今食べたいのはかつ丼《どん》かな」

「私も食べたい」本心だった。

「ねえ、今度傷病兵さんたちに君たちの歌を聴かせてあげてくれないかな」

清子がリーダーらしく「じゃ、先生たちにきいてください」と言った。袴田さんは二人の先生と話をした。

夕食は、ご飯、キャベツとさつま揚《あ》げの煮物、ふりかけだった。みんな文句を言わずに食べている。

夕食後、奥山先生から話があった。

「皆さん、湯河原には傷病兵さんがいらっしゃいますね。その方たちを慰《い》問することになりました。私たちが日ごろ歌っている歌を聴いていただくことになったのです。日程は九月一日の午後二時、場所は近くの前島館です。あと一〇日あります。しっかり練習しましょうね」

翌八月二二日の奥湯河原。山に着くと、私たちはせっせと薪を集め終え、何を歌うかの話し合いをした。

その結果、「ふるさと」「月の砂漠」「牧場の朝」「朧月夜」「浜辺の歌」「冬景色」の六曲になった。覚えたばかりの「冬景色」を歌うなんて想像もしていなかった。

私はわくわくした。「浜辺の歌」もあるから袴田さんも喜んでくれるだろうなと思った。

奥山先生は言った。

「みんな、緊《きん》張するとと思うけど、がんばってください。ここで問題です。緊張に一番効く薬は何ですか？」

誰かが「深呼吸」と言った。また別の誰かが「おまじない」と言った。私は思い切って「強い気持ち」と言った。

先生は、立てた指をメトロノームのように左右に振《ふ》って、

「違います。正解は、練習です」と言った。

「やられた。先生、上手」そんな声が聞こえた。私としては、納得の一言だ。

さっそく練習をした。目標があるというのは、意識を変えるものだ。以前は、空腹に耐《た》えながら歌ったのに、今は空腹を忘れて歌っている。

九月一日、五〇人を超える傷病兵さんが前島館の宴《えん》会場に来てくれた。皆さん、白い包帯を巻いていた。中に色眼鏡をかけている兵隊さんがいた。失明さ

れた方だ。六曲目の「冬景色」を歌い終えると拍手が湧《わ》き起こった。

その後、傷病兵さんたちと将棋《ぎ》や五目並べやトランプなどをして遊んだ。私たちはビスケットと干しブドウをもらった。

東北訛《なま》りのある傷病兵さんに聖戦将棋という将棋を教えてもらった。敵の駒《こま》に「地雷《らい》」や「トーチカ（＊9）」に混じって「コミンテルン（＊10）」というのがあり、私はよく意味がわからなかったのでその方に「コミンテルンって何ですか？」ときいた。するとその方は「戦争さ賛同しねぇ国がな」と言い、小さな声で「日本でねぇよ。外国のごどだ」とつけ加えた。後ろで腕組みをして私たちの様子を見ていた袴田さんが「国じゃなくて国際組織だよ」と言った。

私はすっかり歌うことが好きになり、いつでも歌を口ずさむようになった。ふと口ずさむ歌にサンドウィッチマンの「ウマーベラス」が混じることもあった。しかし、誰かに聞きとがめられることはなかった。

翌一〇月のことだ。私たちは地元の愛国婦人会から慰問袋《ぶくろ》（＊11）を作る作業のお手伝いを頼まれた。竹内先生が眼鏡の奥の目を輝《かがや》かせて「作業のあとに歌を歌うように頼まれました。そして、歌を歌ったあとにみかんをいただけるそうです」と言った。私たちは「本当ですか？」と目を丸くした。というのも、みかんの産地である湯河原に来てまだみかんを食べたことがなかったからだ。

会場である湯河原国民学校の講堂には、地元の子どもたちもたくさん来ていて、総勢一二〇名くらいで約一五〇〇個の慰問袋を作った。

そのあと私たちは、舞台の上で歌った。最後の「冬景色」を歌い終えると拍《はく》手の渦《うず》。うれしかった。

私たちは、一人につき二個のみかんをもらった。みかんの皮はまだ青かったが、オレンジ色の実は甘酸《あまず》っぱくておいしかった。みかんの皮は取っておいて、翌日以降のおやつにした。少し苦みがあったが気にならず、腹持ちがよくてありがたかった。

5　東条首相

しかし、食事は相変わらずでみんなはいつもおなかを空かしていた。奥湯河原からの帰り道にいくつもみかん畑があった。朝夕寒くなるにつれオレンジ色に色づいていく。それを見るのが辛かった。もぎ取って食べれば泥《どろ》棒だ。先生からも強く注意されていた。

清子は似顔絵を描かなくなった。かつ丼やカレーライスの絵を描いては「あー、食べたい」とため息をついていた。

一一月になると、空腹のあまり、こっそりとクレヨンを食べたり、シッカロールをなめたりする子が出てきた。

ある日の自習時間、私は清子たちに言った。

「ねえ、なんでみんな食事に対して文句言わないのよ。ひどい食事じゃない。量は少ないし、栄養バランスは悪いし、色もさえない。野菜を食べなきゃ、風《か》邪《ぜ》引いちゃうよ」

　清子は言った。

「聡子、ここへ来る前に校長先生から聞いた話、覚えてないの？」

「覚えてないわ」

「じゃ、思い出させてあげる。東条首相の話よ。東条首相はこう言ったのよ。少国民の皆さんが、食べ物が足りないと不満を言うことに私は理解ができません。そもそもあらゆる地球上の生き物はみんな食べて生きていけるように神様がちゃんと作っておられるのです。私が畑仕事をしているといろいろな生き物が現れます。蜂《はち》、蝶《ちょう》、アリ、鳥、へび、みんな自分の食べ物を探して食べています。飢《う》えて死ぬ生き物など見たことがありません。ところが人間は食べ物が足りないと不満を言う。本当は満ち足りているのです。それを自覚できていないだけのことで、智恵《ちえ》が足りないというほかありません」

「何、それ？」

「だから、みんな思っているのよ。食事に文句を言うと知恵足らずだと思われるって」

私は何かで見た丸い眼鏡をかけた東条英機の顔を思い浮かべた。

「今の食事、不満でしょ？　私は不満よ。食べた気がしないもの。東条首相は間違っている。食べ物は神様が作っているのじゃないわ。お百姓さんや漁師さんや酪《らく》農家さんが作っているのよ」

「ちょっと聡子、声がでかいよ。ダメよ、東条首相の悪口言うのは」と清子が眉《まゆ》をひそめた。

「悪口じゃなくてよ。私は本当のこと言っているの」

真知子が言った。

「私も不満よ。いつも腹ペコだもの。ねえ、なんで牛乳が出ないの？　横浜の給食では毎回出ていたのに。校長先生言ってたよね。疎開先での食糧《りょう》は今までの給食用食糧と同じなのでいっさい心配ないって。だったら、牛乳も出るはずじゃない」

京子が言った。

「湯河原には酪農家がいないのかもよ」

「そうかもしれないけど、ご飯やおかず、前はもっと食べられたよね」

「先生に言ってみようか」と清子が言った。

その夜、清子は先生たちの部屋に行き食事改善のお願いをした。一〇分ほどして清子は桜の間に戻ってきた。

私は「どうだった？」ときいた。

「先生たちも食事の量が減っている、何とかしたいと言ってくれた。女将さんも同じ意見らしい。ただ問題は国の配給制。配給物資が減っているのはどうしようもないことらしい」

「配給制とかそういう問題じゃないの。いい、子どもが成長するには必要なカロリー、必要な栄養素というものがあるの。それを満たさないとどんどんやせて病気になるの。もうすぐ冬になるでしょ。みんな風邪を引いてしまうよ」

「聡子、カロリーって何？」と清子が言った。

「熱量のこと。体温や活動のもとになる力。おなかが空くと寒くなるでしょ。食べれば体が温かくなるじゃない。それよ」

「私たちはカロリー不足？」と真知子。

「そう。冬になったらヤバイ」

「ヤバイだなんてやくざみたい」これは京子。

「あら、ごめんなさい」

「じゃ、栄養素は？」と清子。

「たとえば、タンパク質」

「聞いたことある。お父さんが肉や魚などでタンパク質をとらないと丈夫な体にならないぞと言っていた」と真知子。

「そうそう、あとは炭水化物。米やパンに多く含まれていて、カロリーのもとになる。脂肪《ぼう》もそう。それからミネラルやビタミン。野菜や海藻《そう》に多く含まれていて体調を整える役割をしている。こういう栄養素をまんべんなくとらないと子どもは成長しないの。大人がこういう科学的な知識をよく理解していないのが問題だわ」

清子が言った。

「聡子、今度は聡子が行って説得してよ」

「わかったわ」

私は二人の先生の部屋を訪ねた。奥山先生に言った。

「先生、高等科の家事についての教科書をお持ちですか」

返事がこわかった。清子は栄養や料理は高等科で学ぶらしいと言っていたが、確信はなかった。

「持っているわよ」私は胸をなでおろした。

「ちょっと見せていただけますか」

先生は「高等科家事」と書かれた教科書を持って現れた。

「ありがとうございます。中を見てもいいですか？」

「いいわよ」

私は目次を開けた。第七章に「保健と栄養」があった。これだ！

一、栄養

私どもが成長したり運動したりするためには絶えず栄養がいりますから、常に、これを食物によって補わなくてはなりません。

発育中の私どもには、それに適した栄養があります。それが適当でないと、成長はできませんし、病気にかかりやすくなります。

二、食物の成分

私どもの体に必要な栄養分には、蛋白《たん》質、炭水化物、脂肪、灰《かい》分及《およ》びビタミンなどがあり、その他水も大切な成分であります。

蛋白質…食物の中に含まれている大切な成分で、卵の白みなどが純粋《すい》に近いものであります。

この成分が体を作るものですから、発育中の子どもや妊《にん》婦などは、食物をとる時には、これによく注意する必要があります。

炭水化物…澱《でん》粉、糖類、繊維《せんい》などがあります。澱粉や糖類にはいろいろな種類がありますが、何《いず》れも消化吸収されたのちは酸化されて、炭酸ガスと水とになります。この際発生する熱が体温と活動のもとになるのです。

炭水化物の一部分は、脂肪又はグリコゲンとして、体の中に貯蔵され、必要に応じて使われます。消化されない澱粉や繊維は熱源とはなりませんが便秘を防ぐのに役立ちます。

脂肪…酸化して熱源となることは、炭水化物と同じでありますが、これは炭水化物よりずっと多くの熱量を発生します。

灰分…植物でも動物でも焼くと灰になります。この灰になって残る部分を灰分と呼んでいます。カリウム、ナトリウム、カルシウム、マグネシウム、燐《りん》、鉄、塩素等があります。これらの灰分は、歯、骨格、血液、筋肉を作るのに大切な成分であり、又《また》健康を保つのに必要なはたらきをするものであります。

ビタミン…ビタミンはいろいろな種類があってそれぞれ別のはたらきをもっています。夜盲症《もうしょう》（＊12）、脚気《かっけ》（＊13）、壊《かい》血病（＊14）、くる病（＊15）などは、ビタミンが十分でない時によく起こる病気であります。

「奥山先生、この熱量というのは何のことですか？」

「これはね、高等女学校ではカロリーと教わったの。ここに書いてある通り、夜、寝ているとき体温を維持したり、昼間、体を動かしたりするための熱源のことよ」

「なるほど、私たち国民学校高学年の女子が一日に必要なカロリーはどれくらいですか？」

「大人は、確か二四〇〇キロカロリーと習ったわ」

竹内先生が言った。

「子どもは二〇〇〇キロカロリーくらいじゃないかしら」

私は心の中で、いいぞ、だいたい合っている、さすが先生、と叫んでいた。

「一日三食だから、一食には約六〇〇キロカロリーが必要ということになりますよね？」

「そうね」

「今日の夕食。サツマイモ入りおかゆとワカメの味噌汁でした。それは何キロカロリーくらいになるか、わかりますか？」

「師範学校でそういう問題、やったね、竹内先生。えっと、サツマイモ入りおかゆはだいたい一五〇から二〇〇キロカロリーでしょうね。ワカメの味噌汁は五〇キロカロリーでしょうか。合計で二〇〇か二五〇キロカロリーってとこかしら」

「そうね」と竹内先生。

「じゃ先生、私たちは必要なカロリーの三分の一しかとれていないのですね？」

「そうね」

「こんな食生活が続くとどうなりますか？」

「まずいわね、健康上」

「この教科書を女将さんに読んでもらったらどうでしょう。何か、対策を立ててくれるかもしれません」

「そうね、これから寒くなるし、お願いしてみようかしら」

6　ピンチ

　二日後の一一月五日の午前のことだった。私たちは二人の寮母さんと二階の部屋の大掃除《そうじ》をしていた。そこへ、女将さんが血相を変えてやってきた。

「あなたたち、私は旅館の女将だからね、熱量も栄養所要量も知っていますよ。女学校でも習いました。それを何、教科書を読みなさい？　そんなことを先生にそそのかしたのはいったい誰なの？」

　寮母の和江さんが「女将さん、何があったのですか。どうしてこの子たちに怒《おこ》っているのですか？」と言った。

「国民学校の家事教科書を読めと私に言っている子がいるのよ。読んでもっとましな食事を出してほしいということなんだろうけど。私だってわかっていますよ。みんながおなかを空かせていることぐらい。そのことで悩《なや》んでいますよ。でもね、教科書を読めというのは人を馬鹿にしているでしょ」

奥山先生と竹内先生がすっ飛んできて「すみません。子どもたちを叱らないでください」と頭を下げた。

「子どもにそそのかされてそんなことを言いにきた先生たちも先生たちよ。ズバッと言いなさいよ、食事を何とかしてほしいって」

「すみませんでした」

「もっとも、そう言われてもね。名案があるわけじゃないけどね。どこの寮も同じだけど、今は国から配給された食糧でがまんするしかないのよ」

清子が言った。

「でも、おなかが空いてたまらない」

「えっ、あなたなの？　私に教科書を読ませろと言ったのは」

「違います」

「じゃ、誰なのよ？」

和江さんが言った。

「女将さん、それがわかったところでどうするのですか。食事をよくしてもらいたいという気持ちは私も持っています。それが正直な気持ちです」

「邪魔《じゃま》しないで。私はこの子たちと話し合っているのですから」

私は手を挙げた。こわかったけど、黙っているわけにはいかないと思ったのだ。

「私です」

「あんただったのね。国民学校の教科書を読めなんて失礼じゃない」

「ごめんなさい」

「本当にそう思うなら、あなた、罰《ばつ》として今日の昼は食べないことにしなさい」

奥山先生が厳しい声で言った。

「女将さん、それはいけません。あなたにそんな権限はないはずです。ここは教育の場です。寮長は私です」

そのときだ。階段を上がってきた板前さんが、「どうしたのですか、みんな。お昼ですよ」と言った。あわててみんな一階に下りて昼食の準備にかかった。

昼食は、ご飯とサバの味噌煮とたくわんだった。食べ終わった頃、女将さんが笑顔で言った。

「みんな、どうでしたか。今朝、知り合いの漁師さんがサバを差し入れてくれたのよ。おいしかったでしょ」

竹内先生が言った。

「ありがとうございます。久しぶりにお魚がいただけてうれしかったです」

「魚は初めてだよね」という声があがった。

女将さんは言った。

「初めてではありませんよ。一度イワシが出ました」

京子が言った。

「あのう、牛乳はないのですか？」

「ないです。ここらでは手に入らない」

他の誰かが「もっと野菜が食べたい」と言った。

「そうね、野菜は足りないわね」

「パンが食べたいです」

「パンね、配給協議会に聞いてみます」

「ちょっといいですか」

戦争未亡人の寛子さんだった。

「この非常時に食べ物の話でもめるのはおかしくありませんか。それこそ鬼畜《きちく》米英の思うツボですよ。牛乳がない、野菜が少ない。わかりますよ。でも、戦地の兵隊さんは泥水をすすって戦っているのです。あなたたちは女将さんのおかげで一日に三食も食べられるのですから、文句を言わずきちんと少国民としての務めを果たしてください」

女将さんは言った。

「寛子さん、その通り。さすが元軍人の妻だ」

「女将さん、これ見てください。聡子さんが敵性語を平気でしゃべるので、気になってちょっと行李の中を調べさせてもらいました。そしたら、こんなものが出てきました」

寛子さんは私の花柄ワンポイントの小さなパンツとキャミソールを広げた。

「かってに私の行李の中を見るなんてひどい」

「何もなきゃ、こんなことしませんよ。あなたこの前、奥湯河原で薪拾いしているときにそっと一人で抜け出してどこかへ行ったでしょ」

「あれは…」

「これは米国製の下着ですよ。この子は米国の諜報員《ちょう》（＊16）と会っていたのですよ。非国民ですよ！」

その剣幕《けん》に泣き出す子がいた。

和江さんが「ちょっと見せてください」と私の下着を手に取り、縫いつけられたタグを見た。

「ほら、寛子さん、ここに〈日本製〉って書いてありますよ。米国製ではありませんよ」

「ふん、どうだか。それよりも、カロリーなんて敵性語を使うのは非国民です」

奥山先生は言った。

「カロリーは敵性語ではありません。女将さん、女学校の教科書にものっていますよね」

7　本当の食事

　一一月一五日、私たちは二回目の合唱慰問で前島館を訪れた。宴会場には一〇〇人近くの傷病兵さんが来てくれた。終了後、傷病兵さんたちと交流をしながら、みかんとカステラをごちそうになった。みかんはすっかり色づき甘さを増していた。

　袴田さんがやってきて、

「どうもありがとうね。みんな、今日はいつもより元気がないね。どうした?」と言った。

　清子が「おなかが空いて」と言うとみんながうなずいた。

　真知子が二人の先生に向かって言った。

「先生、もっと合唱慰問やりたいです」

「どうして?」

「こうやって何か食べ物をもらえるから」

　袴田さんが、

「じゃあ、それなら来月もやってもらおう。もっと宣伝しておくよ」と言った。


　一二月五日、私たちは前島館で三回目の合唱慰問を行った。今度は一〇〇人を超える傷病兵さんが集まった。終了後、奥山先生が「皆さん、校長先生がお見えになっています」と言った。

　私たちは大広間に正座した。茶褐《かっ》色の国民服を着た校長先生は東条英機と同じ形の丸眼鏡をかけていた。野太い声でこう言った。

「校長の鬼《き》頭です。君たちの合唱慰問、なかなか良かったですよ。君たちが傷ついた兵隊さんを励《はげ》ます姿は、まさに皇国日本の神髄《ずい》です。わが国は今、物資豊富な米国と戦っています。相手が物資ならこっちは精神です。今日の君たちの精神の中に皇国日本の強さを見ました。さて、物資豊富な米国に勝ち大東亜不動の平和を打ち立てるためには、長期戦を覚悟《ご》しなければなりません。そこで問題です。長期戦勝利の秘訣《けつ》は何でしょうか」

誰かが手を挙げて言った。「必勝の精神です」

「そうです。その通り。建国二六〇四年（＊17）、皇国日本は一度も敗れたことがありません。この栄誉《よ》ある戦績を思い出すことこそ、いかなる強敵も粉砕《さい》する秘訣です。あくまで、最後の勝利が皇国日本にあることを確信し、いかなる困難にもひるまず前に進みましょう。これこそ、昭和の少国民に課せられた試練であり、この試練を突破してこそ、大東亜建設者としての栄誉を後世に誇《ほこ》ることができるのです。君たちは引き続き、先生の言うことをよく聞いて、よく学びよく遊び、心と体を強くし、立派な日本人になってください。それこそが、天皇陛下《へい》の御為《みため》に尽《つ》くしたてまつる何よりの御奉公《ほう》です」

最前列で聞いていた私は「質問があります」と手を挙げた。鬼頭校長は「うむ」と言った。

「心も体も強くするためには、よく食べよく運動しよく眠らなければなりません。今のように食べ物が不足していては強くならないのではないでしょうか」

「君の名は？」

「円城寺聡子です」

「いい質問だ。答えよう。東条閣下《かっ》はおっしゃいました。敵は物資豊かな国だが精神がひ弱い。物資の豊かさは慢心《まん》と怠惰《たいだ》を生むが、不足は知恵《え》と工夫を生む。その昔、わずか二千の兵力であった織田信長がなぜ二万を超える兵力を誇る今川義元に勝ったのか。兵が少ない、物資がない、武器が足りない、その不足の状況《きょう》が知恵と工夫を生み、圧倒《とう》的な武力を打ち破ったのです。不足は好機！　確かに君の言うように今の食糧事情は心配です。しかし、ものを食っているだけではいけないのです。一個のおにぎり、一杯《ぱい》の味噌汁に必勝の精神をこめることこそ肝《かん》要なのです」

「子どもが一日に必要な熱量を知っていますか？」

「知らない。そんなもの知る必要もない」

「なぜですか？」

「熱量というものはあくまで肉体の問題です。しかし、肝心なのは精神です。精神の活力源は、食事によって得られるのではありません。食べると眠くなるだけです。しかし、食べないと意識がとぎすまされ集中力が高まります」

「腹ペコだと何もする気にならないわよね」と清子が言った。みんなが大きくうなずいた。

「それは君たちがまだ本当の食事を知らないからです」

「本当の食事？　何ですか、それは」と私は言った。

「本当の食事とは気を食べることです。気は大気に無限に存在します。断食修《じきしゅ》行のお坊《ぼう》さんが何日も食べないで生きているのは、この気を食べているためです。戦地の兵隊さんが飲まず食わずの中、優れた戦績をあげているのも気を食べて体中に力をみなぎらせているからです」

「校長先生、横浜にいたときのように牛乳が飲みたいです」と真知子が言った。

「このあたりには酪農家がいないので、それは無理です」

「せめて普通のご飯が食べたいです。おかゆじゃなくて」と清子。

「今私は、本当の食事の話をしました。賢《かしこ》くなってください。そして、相寄り相助けて皇国の一員としてがんばってください」

「ちょっとよろしいですか、校長先生」と奥山先生が言った。

「荒《あら》行のお坊さんや戦地の兵隊さんとこの子たちとは違います。この子たちはまだ成長途中のか弱い子たちなのです」

「奥山先生、先生がそんなことじゃ困る。今は大人も子どももない。大事なのは精神と気力です。私はその話をしている」

「お言葉ですが」と袴田さんが手を挙げた。

「私はこちらの病院で臨床実習をしている袴田という者です。校長先生のお考えは医学的には根拠《きょ》がないと申し上げざるを得ません。確かに精神も気力も大事ですが、医学的には三度の食事がもっと大切です。この子たちは、湯河原に学童疎開に来てまだ五ヶ月しかたっていないのにどの子もやせていますし、顔色もよくありません。病人も出ています。このままでは持ちません。食事内容の改善が急務かと」

「途中ですまないが本部寮で会合があり、本日はもうこれ以上話すことはできない。君たちが必勝の信念のもとに一丸となって、皇国日本の少国民としての務めを果たされんことを祈《いの》ります。では」

8　魔女の一撃

国からの配給物資が底をつき始めたのは、その年の暮れあたりからだった。おかゆどころか、三食ともに米が出なくなった。ジャガイモや大根が少しだけ入った味噌汁にふりかけという献立が続いた。

翌昭和二〇年正月一日の朝食は大根葉の味噌汁とたくわんだけだった。

清子は、「去年の正月はおうちでお雑煮を食べたのに…。ああ、もう正月なんか嫌《きら》い」と言った。

空腹すぎて授業は休止となり、みんなで野に山に食材探しをすることになった。カラシナ、ハコベ、ナズナなどはけっこう採れたが、米の出ない食事はつらかった。

正月が明けた一月八日には、前島館で四回目の合唱慰問を行なったが、約半数の子どもたちが風邪や貧血で欠席した。

旅館で寝ている子どもたちを見た女将さんは配給協議会に交渉《しょう》に出かけた。その結果、湯河原のみかん農家の協力で夕食にみかんが提供されるようになった。もちろん、皮ごと食べた。しかし、米が食べられないと体に力が入らない。病気になる子どもはさらに増えていった。

ある日、女将さんは言った。

「もう国を頼ってはいられない。このままでは子どもたちの命が危ない」

その夜、女将さんは二人の先生と遅くまで話し合いをした。

翌日の早朝、女将さんは荷車を引いて旅館を出た。二人の先生もついていった。夕方、三人が帰ってきた。荷車には米、大根、白菜、ネギなどがいっぱい積まれていた。奥山先生によると、函南《かんなみ》まで片道三時間、歩いて山越《ご》えをし、農家を回って女将さんの着物を米や野菜に交換《かん》してもらったというのだ。その夜は、久しぶりにおかゆと野菜の煮物が食べられてうれしかった。

数日後、女将さんと二人の先生は荷車を引き真鶴《まなづる》へ行った。荷車に餅《もち》、昆《こん》布、干物を積んで帰ってきた。入手が難しかった固形せっけんと交換してもらったのだ。

「今夜はお雑煮にするよ。遅い正月だ」

この言葉に子どもたちは沸《わ》いた。

一月下旬《じゅん》のある日、愛知県に大きな地震《しん》が起きた。袴田さんの御両親と妹さんが家屋の下敷《じ》きになり、亡くなった。袴田さんは、知多半島に帰り、しばらく帰ってこなかった。帰ってきたのは、二月の中旬だった。袴田さんは臨床実習に戻った。その臨床実習も二月いっぱいで終わりになり、袴田さんは東京の大学に戻ることになった。

庭で日向《なた》ぼっこをしながら二人の先生が話をしていた。袴田さんのことを話しているみたいだったので私は聞き耳を立てた。

「袴田さんの家、よく事情はわからないけど御両親は多額の借金を残して亡くなったらしいの。それで袴田さんは大学を辞めて働く決心をしたんだって。だけど、大学の指導教官が東京の個人病院の養子になることを勧《すす》めてくれて、袴田さんはなんとか大学に残れるらしいの。人生、何があるかわからないね」

「養子になるということは、名前はどうなるの？」

「変わるんじゃない。養子先は本所区（＊18）にある永井医院という病院らしいから、たぶん永井太郎になるのじゃないかしら」

永井太郎！　私のひいおじいちゃんの名前だ。袴田さんの年は二三歳と聞いていたから、私とちょうど一三歳違い。ということは、袴田さんの結婚相手はなんと、私だ。

きっと私は、いやひいおばあちゃんこと円城寺聡子はこれから袴田さんを好きになっていくのだ。いや、すでに好きだ。

三月七日、袴田さんが大学に戻る日が来た。午前九時、大きなカバンを持った袴田さんが前島館から出てきた。傷病兵さんたちとお別れをしている姿を私たちは見ていた。袴田さんが「やあ君たち、お別れに来てくれたのか」と近づいてきた。

清子が「いろいろお世話になりました。おかげさまで何とか生きています。いいお医者さんになってください」と言った。

袴田さんが湯河原駅に向かって歩き始めた。

私は叫んだ。

「袴田さん、三月一〇日、本所区にいないで。どこか遠くに逃げて」

「聡子ちゃん、何のこと？」

「三月一〇日、いや、九日の深夜からアメリカの爆撃機が東京にたくさん爆弾を落とすの。下町は丸焼けになり、一〇万人の人が命を落とすの。逃げて！」

「君は未来のことがわかるの？　そんなのあり得ないよ」

「私は知ってるの。三月一〇日は東京大空襲。四月からアメリカ軍は沖縄に上陸するわ。五月は横浜大空襲。八月には原子爆弾、そして敗戦。東条英機は戦争犯罪人として裁かれるわ」

「まずいよ、聡子。警察に聞かれたら大変よ」と清子。

「聡子ちゃん、わかった。時間がないからこれで」

未来の夫はきびすを返して去っていった。

私は寮に戻った。二階の桜の間で一人になり、考えた。帰ろう。大変なことを言っちゃった。もうここにはいられない。

私は素っ裸《ぱだか》になり、行李を開けて和江さんが洗ってくれたキャミソールとパンツを身に着けた。水色のブラウスを着て焦げ茶色のズボンをはき、何も入っていない深緑色のリュックを背負って外に飛び出した。庭にいる清子たちが何か言っているが、聞こえない。目指すはみかん山のあの場所だ。

藤木川沿いの道を奥湯河原に向かって走った。やがて奥湯河原の入り口を示す楕円形の石の道標が見えてきた。

「どこへ行く？」鋭《するど》い声だった。

日本刀を持った軍服姿の男が道標のかげから現れた。東条英機だった。

ウソ！　マジで？

「みかん山です」

「何をしに？」

「言いたくありません」

「名前は？」

「円城寺聡子」

よく見ると、東条英機ではなく、鬼頭校長だった。軍服に見えたのは国民服、日本刀に見えたのは竹刀《しない》だった。

「ああ、あのときの君か。私の話を聞いたはずだ。今は強固なる結束が必要なときだ。こんなときに一人で何をしている？」

「みかん山に用があります」

「勝手な行動は許さん。戻りなさい」

「嫌《いや》です」

「戻って皇国日本の一員になりなさい」

「何が、皇国日本よ。疎開児童の給食さえまともに出せないただの貧乏国じゃない」

「皇国を侮辱《ぶじょく》する気か」

校長は竹刀を肩にかけて近づいてきたが私はひるまなかった。

「教えてあげる。日本は負けるわ。アメリカ軍に占《せん》領されるのよ」

「何を馬鹿げたことを。さあ、戻るのだ」

校長は大きな体で私の行く手をさえぎった。

「東条英機は裁判にかけられるわ」

「でたらめを言うな」

「戦争犯罪人になるのよ」

「気が狂ったか」

「正気よ。この戦争は間違っているわ」

「この非国民、許さん」

校長は竹刀を上段に構えると「天誅《ちゅう》だ！」（＊19）と叫びながら打ちかかってきた。私は素早く後ろに飛びのいた。

「子どもを守る立場の校長が暴力をふるうなんて、最低！」

「教師に向かって何を言うか」

校長は空《くう》を切った竹刀を握《にぎ》り直し、再び上段に構えて迫《せま》ってきた。私は後退した。背後は藤木川。川面《も》までは五メートルもある断崖《がい》絶壁《ぺき》だ。

「あんたなんか、教師でも何でもないわ。ただの戦争協力者よ」

「馬鹿かお前は。戦争に協力するのは国民としての義務だろ。この戦争は正義のための戦争だ」

「違う。日本人を不幸に陥《おとしい》れる悪魔の戦争よ。戦争に正義なんてないわ。戦争はすべて悪よ」

「大東亜聖戦を侮辱しやがって、このアマ」

校長は鬼《おに》のような形相で二太刀目を浴びせかけてきた。私は横に飛びのいた。空振りに終わった校長の丸眼鏡が飛んだ。地面に落ちた丸眼鏡を校長は拾おうとした。そのときだった。「痛い！」とつっぷしたまま動かなくなった。

「どうしたの？」

「うう、痛い！」

「どこが？」

「ああ、痛い！」

「だから、どこが？」

「腰、腰が痛い！　五度目のぎっくり腰だ」

ぎっくり腰と聞いて、とっさにパパの言葉を思い出した。

魔女の一撃！

パパ得意の別名クイズのときだった。

「聡子、ぎっくり腰の別名、知っている？」

「ぎっくり腰？　あの突然腰が痛くなるあれ？」

「そう、急性腰《よう》痛症」

「う〜ん、びっくり腰じゃない？」

「ブー、違います」

「じゃ、なあに？」

「魔女の一撃。ドイツ語でヘクセンシュス」

魔女の一撃。私は何もしていない。校長が竹刀で打ちかかってきたので逃げただけ。それなのに校長は倒れ、四つんばいのまま苦しんでいる。これってすごくない？　ひょっとして私は魔女？

校長はつらそうだった。

「大丈夫？」

「頼む、誰か呼んでくれ」

「私は先を急ぐの」

「俺《おれ》を置き去りにする気か」

「そうよ」

「薄情者《はくじょうもの》」

「大気中にはたっくさんの気があるのよね。それでも食べていたら。少なくとも飢え死にすることはないはずよ」

うずくまる校長をあとに私は道を急いだ。

みかん山に着き、崖下に立った。見上げると崖上まではかなりある。

みかんの木の枝をたぐるようにして必死に崖上にはい上がった。鳥のさえずりが聞こえた。青い海と初島が見えた。私は祈った。袴田さん、逃げてね。無事でいて、円城寺聡子と再会してね。でないと、私、生まれてこないから。

これからすることに自信がなかった。下を見下ろすと足がすくんだ。しかし、もうあとには引けない。先ほどの不思議な出来事が思い起こされた。

魔女の一撃。私自身にもわからない不思議なパワーが私の中に宿っている。そう考えるとすべての謎《なぞ》が解けてきた。時を超えたのも、暴力校長に勝ったのもそのパワーのせいだ。

私は自分に言い聞かせた。

私は魔女！　再び時を超えられるはず。平和な日本に戻れるはず。そう考えると勇気が湧いてきた。深呼吸をして目を閉じた。

エイッ、私は、思いっきり地面をけって宙《そら》に跳《と》んだ。体に激しい衝撃が走り気を失った。

9　清子の話

目覚めた私は、痛みをこらえて立ち上がった。リュックが重い。開けてみると、ステンレス製の水筒と新書サイズの鳥の図鑑が出てきた。胸を触るとふくらみがあった。戻ってる。元の聡子に戻ったのだ。

みかん山の出口に来ると舗装道路が見えた。安心感で腰が砕けそうになったが、私は走った。汗が噴《ふ》き出した。西日が強い。奥湯河原の旅館を越え、橋を渡ると杉木立のなかに別荘が見えてきた。玄関を開けるとママとお兄ちゃんがいた。

「ああ、聡子だ。無事で帰ってきた。どこへ行っていたのよ」

「ねえ、今日は何年の何月何日？」

「二〇二一年の八月一九日よ」

「ああ、よかった。こっちの時間は止まっていたんだ」

「何を言っているの、この子は。汗だくじゃない、シャワー浴びていらっしゃい」


翌日、私たち三人は練馬の家に戻った。

夜になって、小石川のおばあちゃんが車でやってきた。夕刻から熱を出した私は自分の部屋で寝ていた。リビングから時々おばあちゃんの声が聞こえたが、いつの間にか眠ってしまった。

ドアをノックする音で目が覚めた。ママが部屋に入ってきた。

「聡子、熱はどう？」

「下がったみたい」

ママは私の額に手をあてた。

「熱はないみたいね」

「今、何時？」

「九時過ぎよ」

「おばあちゃんは？」

「とっくに帰ったわよ」

「何の用だったの？」

「スイカを持ってきてくれたの」

「そのためにに来てくれたの？」

「そうよ。おじいちゃんと二人じゃ食べきれないからって。聡子によろしく、お大事にだって」

「スイカ食べたい」

「じゃ、起きてリビングに来なさい」

ママはそう言って部屋から出ていこうとしたが、振り向くとこう言った。

「あっ、そうだ。おばあちゃんね、きのう入院してきた患者さんのことをいろいろ言っていたわ。ひいおばあちゃんと学童疎開で一緒だったんだって」

「なんて人？」

「さあ、名前は言ってなかった」

「なんでわかったの？」

「回診で病室に行ったらテレビで湯河原温泉のことをやっていてね、おばあちゃんがその入院患者さんに「湯河原はいいところですよね」って話しかけたらその人、「先生、私、学童疎開が湯河原でした」って言ったの」

「…」

「おばあちゃんは、もしやと思って「私の母もそうです」と聡子という名を言うとね、とっさにおばあちゃんの手を握って「私の親友です」と言ったんだって」

「へえー」

「そのあといろいろ話したらしいよ。食べるものがなくて山菜を採り歩いたとか、みかんは皮まで食べたとか、みんなで合唱を練習して傷病兵さんを慰問したとかそんなことを」

「その人、コロナなの?」

「違う、ほかの病気だって」

「どんな人?」

「首の長い人だって」

私は翌日、こっそり渋谷にあるおばあちゃんの病院に行った。新型コロナ以降、入院病棟へ見舞《まい》客は入れなくなっていたので、売店の前で清子が現れるのを待った。

昼前、八七歳の清子が杖《つえ》をついて現れた。腰は曲がり顔にはシミが浮き髪は白くなっていたが、首が長いのですぐわかった。

売店で買い物を終えた清子に、私は声をかけた。

「初めまして。上野聡子と言います。円城寺聡子のひ孫です」

「あらまあ、聡子にそっくり。同じ聡子って名前なの？」

笑顔になったその顔は見覚えのある顔だった。人は笑顔になると若返る。

「そうです」

「どうしてここにいるの？」

「内科の内藤敏子は私のおばあちゃんなんです。おばあちゃんから清子さんの話を聞いて会いたくなりました」と答えた。

「そうなの、それは光栄です。聡子ちゃん、それにしても聡子によく似ているわね。ひいおじいちゃんは袴田太郎さんなのよね。いや、永井太郎さんなのよね。かっこいい人でした。お医者さんよね。そうか、だから内藤敏子先生もお医者さんになったんだ。懐《なつ》かしいわ。今いくつ？」

「一〇歳です。小学校五年生」

「ひいおばあちゃんの聡子は七年前に亡くなったそうね。覚えている？」

「覚えていません。三歳でしたから」

「そりゃ、そうよね」

「清子さん、湯河原の学童疎開先にひいおばあちゃんとはいつまで一緒にいたのですか？」

「昭和二〇年の八月五日までよ。五月の横浜大空襲で家族全員を失い孤児になった私を新潟の叔母《おば》さんが引き取りにきてくれたの。母の妹よ。旅館の前で聡子たちは手を振って見送ってくれた。その日以来、会っていない」

「同窓会とかそういうのはなかったのですか？」

「一度あったわ。でも仕事が忙《いそが》しくて行けなかったの」

「お仕事は何ですか？」

「私、ずっと小学校の給食のおばさんをしていたの。給食のおばさんになったのは、聡子に出会ったからよ。その話、ぜひしたいわ。いい？」

「私も聞きたいです」

「じゃ、そこの椅子にかけましょ」

清子は杖を椅子に立てかけて語りだした。


新潟の叔母さんの家は山あいにある農家でね、私はそこに置いてもらったの。といっても、子どもとしてではなく使用人として。そこで終戦を迎えた。終戦のとき新潟の国民学校の六年生だったけど、学校に通ったという思い出があまりないの。ほとんど毎日、野良《のら》仕事と家事をしていた。叔母さんの畑は傾斜地にあって、天びん棒で肥桶《こえおけ》を運ぶのが大変でね。肩がすりむけて痛い痛いと泣きながら運んだの。

家族全員を失ったショックが尾《お》をひいていてね、私はしょっちゅう下痢《げり》をしていた。あるとき、下痢がひどくなってトイレが間に合わず下着を汚《よご》してしまったことがあったの。叔母さんにひどく怒られてね、雪がちらつく庭で井戸水を何杯もかけられた。寒さと冷たさで体の震えが止まらなかった。叔母さんから、おなかを壊しているのだから水は飲むなと言われていたけど、怒られるのを承知で釣瓶《つるべ》（＊20）に残っていた井戸水をごくごく飲んだの。体が勝手に動いたって感じ。すると、そのおかげで体の苦しさがなおってきた。脱水症《だっしょう》状を起こしていたのね。そのとき、聡子を思い出した。私たちの体は食べ物、飲み物でできているの、そう聡子はいつも言っていた。

私は昭和二一年三月に国民学校を卒業したものの、その上の高等科へは進ませてもらえなかった。だから、毎日、野良仕事と家事の日々。

ところが昭和二二年の四月、教育改革があって新制中学が誕生したの。しかもこれが義務教育だった。それでやっと正式に中学校に通わせてもらった。うれしかったのは、入学して間もないころ、担任の若い女の先生が授業で新しい憲法について教えてくれたこと。先生は「だから、日本は二度と戦争をすることはありません」と言った。私は涙《なみだ》が流れて止まらなかった。私が学校に行けないでいた昭和二一年にそんな新しい憲法が出来たって、誰も教えてくれなかったもの。

私は職員室でその先生に新しい憲法を見せてもらった。それには、戦争は永久に放棄《き》すると書いてあった。ああ、本当に日本は生まれ変わったのだと思った。

中間テスト、期末テストが近づいてくると、野良仕事で勉強時間が足りなかったから、野良着のポケットに暗記事項をメモして入れておいて、仕事の合間に覚えたわ。

中学二年のときに進路調査があってね、叔母さんから就職に丸をつけて出しなと言われてそうしたの。一年から持ち上がった若い女の先生は「もったいないよ、いい成績なのだから進学にしたら」と言ってくれた。そのとき私は初めて先生に身の上話をしたの。先生は黙って聞いてくれた。

しばらくして、学校から先生が校長先生と共にやってきて、叔母さんに会って「この子の学力を伸《の》ばしてください」と頼《たの》んでくれた。最初、叔母さんは断ったけど、先生は次の日も説得に来てくれ、ついに叔母さんも認めてくれたの。そして、私は県立高校に合格した。

高校時代も苦労は続いたけどなんとか乗り越えたわ。卒業式では教科別の成績優秀《しゅう》者に選ばれたのよ。本当にうれしかった。私を進学させるために叔母さんを説得してくれた先生たちに心から感謝したわ。

　高校卒業後は新潟市の大きなデパートに就職できたの。デパートは寮生活で、叔母さんの家からやっと解放された。職場では、自分のやった仕事がきちんと評価されてうれしかった。叔母さんのところでは何もかも命令され、たとえうまくできてもほめられたことなど一度もなかったから。

　三年目からは婦人靴セールスリーダーに抜擢《ばってき》された。私は喜々として働いたわ。叔母さんに仕送りもした。

　六年間デパートで働き退職後、田所達也という人とお見合いをして結婚した。苦しくても生きていたおかげで、両親の血を受け継いだ二人の子どもを残せた。系図を絶やさずに済んだ。戦争がなければこんなふうには考えなかったと思う。

　ある日、小学校に上がった上の子が給食の献立表をもらってきたの。献立表には、献立名だけではなく、食材とともにカロリーやタンパク質、脂質、食塩の量が記されていた。

　私は聡子を思い出した。聡子は真剣に言っていた。「子どもが成長するには必要なカロリー、必要な栄養素というものがあるの。それを満たさないとどんどんやせて病気になるの」って。

　当時、東条首相の思想を信じていた私は、心底驚いた。東条首相はね、神様が地球上の動物が食べて生きていけるようにちゃんと作っているので食べ物の心配をする必要はないと言ったの。つまり、人は精神だけを考えていればいいということなのよ。

　恥《は》ずかしい話だけど、私は食べ物が体を作っているとは思っていなかったの。食べ物は体に入るけど出ていくだけと思っていた。私だけじゃない、みんなそう思っていた。修身の時間に、まず心を立派に磨《みが》けと教わった。大事なのは、大和魂《だましい》や武士道精神で、飲んだり食べたりすることはどうでもいいこと、そう言われていた。

　聡子は、「東条首相は間違っている」と言ったわ。それからの聡子はすごかった。カロリーと栄養素をみんなに教え、先生を味方につけ、旅館の女将さんに食事改善を迫ったの。女将さんは反発した。でもね、国からの配給物資が止まると、女将さんは変わった。もう国はあてにならない、自分で子どもたちを守ると言ってね、私財をはたいて私たちのために食糧集めに奔《ほん》走してくれた。

戦後、女将さんは疎開児童に対して親身を尽くしたとして文部大臣から表彰《しょう》されたわ。

話は戻るけど、上の子の給食献立表を見てね、私は、給食のおばさんになりたいと思った。正式には、学校栄養職員というのだけどね。夫が賛成してくれたので地元の栄養専門学校で二年間学んだ。結構授業料がかかったせいで借家暮らしは続いたけど、栄養士の資格が取れ給食のおばさんになったの。

昭和四十四年から平成十一年まで三十年間、新潟県の小学校で働いた。平成元年に国家試験に合格して管理栄養士の資格も取った。小学校にはね、私のように戦災孤児ではないけど、事故や病気、そして虐《ぎゃく》待などで親を失う子どもたちが増えていった。顔の表情や行動からその子どもたちに何が起こっているのか、痛いようにわかるの。そんなときは声をかけたりしてね、子どもたちの心を少しでも元気にしてあげたいと心がけてきたの。孤児になった私が受けた心の傷は、小学校の中での仕事に活《い》かすことができたのよ。

六年前にその上の子が都内に家を建て私たち夫婦を呼んでくれたの。それ以来、その子のところに住んでいます。この病院は今回初めて。かかりつけ医から紹介《しょうかい》されたの。ちょっと遠いからどうかと思ったけど、よかったわ、こうして聡子ちゃんに会えたから。

そうそう、ある本で読んだのだけどね、戦地まで食糧を届けることを給養って言うんだってね。アメリカは給養をちゃんとやっていた。船や飛行機で戦地に食糧を運んだ。だからアメリカ兵は十分に食べながら戦争をしていた。ところが日本の給養の方法は現地徴《ちょう》発。徴発というのは現地の民衆から奪《うば》い取ること。徴発できないときは草を食べて戦争をしていた。これではアメリカに勝てるわけがない。それを指示したのが東条首相だった。そういうことをその本で知って目からうろこだったわ。

疎開先でね、ある寮母さんに戦地の兵隊は泥水をすってがんばっているのだからあなたたち少国民も空腹を我慢してがんばりなさいと言われたけどね、本末転倒よね。泥水なんかで生きていけるわけがない。日本兵の死因の大半が餓《が》死だったとその本に書いてあった。

聡子は、科学を知っていたのね。私たちは科学を学ばせてもらえなかった。今思うと、国民学校の授業で科学らしいのは理科と算数だけだった。あとはみな、天皇は神様、戦争は正しい、人は食べなくても生きていける、肉体より精神が上、そんな非科学的なことを教えられていた気がする。

しゃれた下着を持っていて寮母さんにアメリカのスパイじゃないかと疑われたりしたけど、私には聡子は未来から来た科学者に見えた。私はずっとそんな聡子を目標にして生きてきたのよ。

給食のおばさんになってよかった。子どもたちに温かい給食を作ってあげられることが幸せでね。あの苦しかった時代を生き抜いた自分への最大の慰《なぐさ》めと励みになった。ありがとう聡子って言いたい。はい、これでおしまい。


清子はハンカチで涙を拭いた。私は湯河原の疎開生活を思い出した。清子たちと悪戦苦闘《とう》した日々が懐かしかった。

清子！　私も給食のおばさんになるからね。清子を目標に。見守っていてね。

「清子さん、さっき売店で何を買ったのですか？」

「鉛筆とノートよ」

「何に使うのですか？」

「スケッチです」

「記念に今、私を描いてくれますか」

「いいよ」

清子は売店に行って鉛筆を削《けず》ってもらい、私を描き始めた。清子が絵を描く姿を見ていると、しだいに真知子、京子、奥山先生、竹内先生、女将さんの姿が浮かんできた。私はほんのひとときだが、戦争の時代を生きたのだ。

「はい、できました。描いているうちに学童疎開先で聡子を描いている気持ちになっちゃった。湯河原では聡子を描けなかったのよ」

「ありがとうございます」

「会いに来てくれてありがとう。今日の話、ずっと誰かに聞いてもらいたかったの。聡子によく似た聡子ちゃんに話せて良かったわ」

「私も聞けて良かったです」

清子は私の似顔絵の横に何かを描き足した。かつ丼だった。

「これが食べたくても食べられなかったのよ。あの頃は」

私は似顔絵をもらい、清子と別れ、おばあちゃんの病院をあとにした。

むずかしい言葉の説明

＊1　ガダルカナル島（28ページ）……　オーストラリアの北東部一八〇〇キロに位置する島

＊2　合掌（29ページ）……　左右の手のひらを胸の前で合わせること

＊3　ミッション（32ページ）……　使命　やるべきこと

＊4　堀割（43ページ）……　水路

＊5　焼夷弾（43ページ）……　中に油が入った爆弾。地面に落ちるとあたり一帯を焼き尽くす。

＊6　修身（52ページ）……　戦前の道徳教科

＊7　かまど（57ページ）……　なべや釜などを置けるようにした調理用の台。土や石、レンガ、コンクリートなどでできていて、中で火を起こし煮炊《た》きできるようになっている。

＊8　師範学校（61ページ）……　戦前の教員養成学校

＊9　トーチカ（70ページ）……　コンクリート造りの陣地

＊10　コミンテルン（70ページ）……　戦前の国際共産主義運動の指導組織

＊11　慰問袋（70ページ）……　前線の兵士に娯楽物や日用品等を入れて送る袋

＊12　夜盲症（80ページ）……　ビタミンAの欠乏による病気で、暗いところでものが見えなくなる。

＊13　脚気（80ページ）……　ビタミンBが不足して起こる病気で、全身のだるさ、食欲不振、足のむくみやしびれなどが現れる。

＊14　壊血病（80ページ）……　ビタミンCの欠乏によって起こる病気で、あざ、歯ぐきや歯のトラブル、毛髪や皮膚の乾燥、貧血などが現れる。

＊15　くる病（80ページ）……　ビタミンDの欠乏によって起こる病気で、骨の変形や痛みが現れる。

＊16　諜報員（88ページ）……　スパイ

＊17　建国二六〇四年（91ページ）……　西暦一九四四年のこと。戦中は西暦を使わず、初代天皇である神武天皇が即位した紀元前六六〇年を元年とする皇紀を使っていた。

＊18　本所区（98ページ）……　墨田区の一部。戦後、本所区と向島区が一緒

になって墨田区となった。

＊19 天誅（１０２ページ）……　天が罰を与えること

＊20 釣瓶（１１４ページ）……　井戸で水をくみ上げるための縄の先端に取り付けられた桶のこと

あとがき

湯河原は温泉旅館が立ち並ぶ静かな町である。私は隣《となり》の真鶴に住んでいる。湯河原は神奈川県の西の端にある。ＪＲの駅で言うと、真鶴の次が湯河原、湯河原の次は熱海で、熱海はもう静岡県である。

私が都内から真鶴に移住したのは、二〇一二年。東日本大震災の翌年であった。きっかけは妻の定年退職である。真鶴で畑と果樹園を始めた妻は湯河原のＪＡから種や肥料を買った。今も柑橘《かんきつ》類の害虫対策などでＪＡ湯河原の世話になっている。

湯河原温泉街にある町営日帰り温泉「こごめの湯」まではわが家から車で約一五分。真鶴町が発行する町民利用証を見せると格安で広々とした天然温泉に入ることができる。

数年前、湯河原町立図書館の郷土資料コーナーで戦時中の湯河原に関する資料を見つけ読んだ。終戦の前年、湯河原の温泉旅館はそのほとんどが学童疎開寮と海軍病院になっていたことを知り驚いた。

当時の湯河原には五七軒の温泉旅館があった（川島武宜《たけよし》他「続温泉権の研究」）。そのうち、三三軒の温泉旅館が学童疎開寮に、一九軒の温泉旅館が海軍病院になっていた。両方で五二軒。全旅館の九割以上を占《し》める。

三三軒の温泉旅館に学童疎開をしたのは横浜市の六つの国民学校であった。聡子の日記にあったように、当時横浜には一一七の国民学校があった。うち、六校が湯河原に学童疎開し、それ以外の国民学校は箱根、秦野《はた》、小田原など県内各地に散った（神奈川県は県内疎開の方針をとった）。

「横浜市の学童疎開～それは子どもたちのたたかいであった～」（横浜市の学童疎開五十周年を記念する会）には元疎開児童と元引率教師による体験記が多数掲載《けいさい》されている。

「湯河原の温泉旅館で静療中だった海軍の傷病兵たちとの交流が忘れられない。「桜井の別れ」「水師営の会見」など、唱歌に女先生が振りを付けた寸劇を携《たずさ》え

て、慰問に訪れたりした」（六年生児童）
「或《あ》る日のこと、窓の下を通る白衣の傷病兵が、可愛らしい子どもたちの歌を耳にしてなんともいえずニッコリして声をかけてくれました。人恋しい子どもたちは大喜び」（引率教師）

私は、戦争によって生み出された傷病兵と疎開児童との交流という、悲惨《さん》な、それでいてどこか心あたたまる風景を物語にしたいと思った。しかしそのためには、この風景の原因である戦争という闇《やみ》をしっかりと書かねばならない。

闇を書くためには、闇が闇と見えない目ではなく、闇が闇と見える目が必要だ。そこで私は、国民主権、基本的人権の尊重、平和主義を三原則とする日本国憲法を知る戦後の人間の登場を考え、二〇一一年生まれの上野聡子（一〇歳）にタイムスリップしてもらうことにした。つまり、軍国少女ではなく、平和と民主主義を愛する少女を登場させたのだ。

「横浜市の学童疎開～それは子どもたちのたたかいであった～」を読むと、子どもたちは、シラミ、伝染病、寒さ、体罰、寂《さび》しさ、いじめなどの問題に直面したが、なんといっても最大の問題は飢えであった。日本軍兵士の死因のトップも飢えである。

食軽視の行きつく末、飢え。この問題をあぶりだすために聡子には食の大切さを知る人物になってもらった。

食の大切さ。これは私自身が教員生活で学んだことであった。食育基本法が制定されたのは二〇〇五年、その翌年より私は当時勤務していた短期大学の食物栄養学科で栄養教諭《ゆ》の養成にかかわった。栄養教諭は食育基本法により誕生した新しい制度である。

私の専門は教育学（担当授業科目＝「教師論」「教育原理」など）であったが、栄養教諭の養成を通じて食品や栄養に関する学問に接することになった。新鮮《せん》だったのは、栄養教諭を志望する学生の食への問題意識である。問題意識の核《かく》心は体調不良であった。その原因は、偏食、過食、極端《たん》な少食であり、それは私自身の経験とも重なった。私は学生の語る言葉に耳を傾けた。聡子の語るカロリーや栄養素の知識は、栄養教諭養成の中で私自身が学生や同僚《りょう》教員から学んだ知識である。

聡子は東条英機の食思想と対決した。それについても一言述べておきたい。

東条の食思想は私の想像・創作ではなく、一九四一年五月二四日の食糧協会食糧学校での彼の演説「調理の中に精神を活かせ」に基づいている。

「私は、凡《およ》そ生物にとつて、地球上にある食物に不足は絶対にないと思ふのであります。然《しか》るに、ものが足りない、食ふものが足りないと不足を唱ふる事は、私には解《げ》せないところでありまして、そもそもさう云《い》ふあらゆる地球上の動物が生きて行ける様に、天が作つてをるのでありまするから、それに対して、何の彼《か》のと不足を列《なら》べる事は、唯《ただ》人間の知恵が足りないからであります」（「大東亜戦争に直面して　東條英機首相演説集」）

飢饉《きん》は近代以前の交通が未発達な社会にあっては地域を滅《ほろ》ぼす大事件であったことを、また近代以降も世界各地で飢饉による餓死があとを絶たないことを一国の首相である東条はよく知っていたにもかかわらず、このようなでたらめな考えを述べていたことに驚きを覚えた。

これを聞いた食糧学校の教師・生徒は何の違《い》和感も覚えなかったのだろうか。もし覚えなかったとしたら、当時の日本国民は異常なまでに東条による精神主義の宣伝にだまされていたと言うほかない。

私は物語を二〇二一年二月に書きあげ、文芸社の小説コンクールに応募《ぼ》した。残念ながら選外となり、時の経過とともに応募したこと自体を忘れていた。

二〇二三年の三月九日、文芸社の編成企画部リーダーの今井周氏より電話があり、応募した作品を出版しませんかという誘《さ》いを受けた。書き下ろし作品を文庫化する「文芸社セレクション」の案内だった。私は送られてきた資料を読み、出版を決意した。理由は二つある。

一つは、物語を書いた二〇二一年当時は、世界はおおむね平和だった。しかし、二〇二二年二月、ロシアのウクライナ侵攻《しんこう》が始まった。一年以上がたった今も続いている。毎日のように戦争のニュースに接するのはつらく、戦争反対の世論の一つとして出版したいと考えた。

もう一つは、日本の軍拡と日本学術会議任命拒《きょ》否問題である。

軍拡とはアメリカの求めに応じて日本政府が、二〇二七年度に向けて防衛費を国内総生産（ＧＤＰ）比二％に増額する計画のことである。これは歴代内閣がずっと維持してきた国内総生産比一％の倍額であり、アメリカ、中国に次いで世界第三位の額となる。

日本学術会議任命拒否問題とは、二〇二〇年一〇月一日、時の菅《すが》首相が日本学術会議から会員候補者として推薦《せん》を受けた一〇五名のうち六名の任命を拒否した問題である。任命されなかった六名は、政府の安全保障政策などに反対の立場を表明してきた科学者だった。

日本学術会議は戦後まもなく、戦争の反省をもとに、政府から独立した組織として設立された。主な仕事は政府の政策などについて意見表明を行なうことだ。当初、会員は科学者による直接選挙で選ばれていたが、一九八四年にこの制度が変わった。学術会議が推薦した会員候補者を内閣総理大臣が任命する方式になった。国会では「そんなやり方で学術会議の独立性は保たれるのか」と問題になった。このとき政府は「任命は形式的なもの」と説明した。「形式的」とは、学術会議の推薦した科学者をそのまま認めるということである。今回の任命拒否は、この説明をほごにして政府の政策を批判する科学者を排除《はい》したものだ。これは、国策へのあらゆる批判を封《ふう》じこめた戦前の総力戦体制と同じである。

この二つの問題は戦争がもはや他国の出来事ではなく、日本も戦時体制に突入しつつあることを物語っている。

日本は七八年間戦争をしてこなかった。しかし、その一年前は戦争であった。湯河原という私の隣町に実在した戦争を資料に基づいて伝えることで、改めて今の日本について考えるきっかけにしてもらいたかった。


湯河原町立図書館郷土資料コーナーには神奈川県立湯河原高校郷土研究部の生徒が一九九四年にまとめた冊子「戦争と湯河原」がある。その中に、文献《けん》研究と聞き取り調査を基に作成した「傷病兵、学童受け入れ旅館一覧」という表と「一九四四年の温泉場中心街」という地図があった。これらは、湯河原のどの旅館が海軍病院でどの旅館が学童疎開寮なのかが一目瞭《りょう》然にわかる資料で、物語を書く上で大変参考になった。一九七〇年代の後半に生まれた高校生が戦争に関する文献資料を読み、戦争体験者から聞き取り調査を行なってくわしい記録を残したことに敬意を表したい。

湯河原高校は少子化による生徒減のため二〇〇八年に閉校となったが、後世のために貴重な研究成果を残した。

　また、郷土資料コーナーには図書館によって編さんされた資料集「戦時下の湯河原」があった。その中に綴《と》じられた「日本陸軍の殺人毒ガスを研究していた湯河原町〝六研〟の実態」（「西さがみ庶《しょ》民史録」第八号）を読み衝撃を覚えた。

　物語には書かなかったが、戦時中の湯河原には陸軍第六技術研究所（略称《しょう》〝六研〟）があった。もともとは、東京市牛込区（現東京都新宿区）戸山台の陸軍軍医学校の地下にあったが、本土空襲に備えて一九四

陸軍第六技術研究所（六研）があった場所。右下は新崎川。湯河原温泉旅館街からは2キロ以上離れている。戦後、ここには湯河原診療所が設けられたが、今は駐車場と公園（その後ろ）になっている。（筆者撮影）

二年に吉浜町（現湯河原町）鍛冶屋《かじや》八七一にあった製紙工場を接収して主要部分が移転した。

六研では、川崎市生田《いくた》（現明治大学生田キャンパス）にあった登戸《のぼりと》研究所（第九陸軍技術研究所）で作られた毒ガスの生体へ及《およ》ぼす効果を測定する研究を行なっていた。毒ガスとはイペリットとホスゲンである。イペリットは淡黄《たんこう》色の液体で、ドイツ軍が第一次世界大戦中ベルギーのイープルで使用したことでこう呼ばれる。皮膚に火傷《やけど》のような傷害を与える毒ガスである。ホスゲンは無色の気体で、呼吸器に作用し、窒《ちっ》息死させる毒ガスである。六研ではウサギ、モルモット、ネズミ、ヤギなどを使って実験データを蓄積していた。所長と軍医のもと、京都大学医学部の女性の助手約一〇名が研究にあたっていた。

登戸研究所同様、六研は現地の人間を数多くやとっていた。賄《まかな》い係としてやとわれた北村信子氏（湯河原町福浦、終戦時二〇歳）は、当時食糧はすべて配給制でしまいには米など食べられなかったが、六研にはいつでもおいしい白米があったと証言している。また、雑務係としてやとわれた御嶽《みたけ》孝夫氏（湯河原町門川《もんがわ》、終戦時一六歳）は、京都弁の女性研究者からホスゲンを吸わせたウサギを解剖《ぼう》して一時間たつと肺はこうなるという実物を見せてもらったと証言している。

御嶽氏は、終戦の日の夜、イペリットの入った鉄製筒型容器七、八本を処分する作業に加わった。作業は四人の男で行なわれた。陸軍の小型舟艇《せんてい》に容器を積みこみ、真鶴港から出港して初島沖の海中に投棄した。その作業中漏《も》れ出たイペリットに触《ふ》れ、お尻の六ヶ所がただれ、晩年になってもその跡は消えない、と証言している。

一九七三年ごろの湯河原町議会で海中に投棄されたイペリットの入った容器の危険性が問題視され、町役場職員が事実関係の調査のために厚生省援《えん》護局に行ったり、元研究所関係者を訪ね歩いたりしたが、資料

藤木川と湯河原温泉旅館（筆者撮影）

はすべて焼却《きゃく》処分されていた。

米軍機は一九四五年七月三〇日に湯河原駅を空襲した。国鉄職員であった横井清氏（湯河原町門川）はその空襲に遭い右腕を失った（「市民が語る小田原地方の戦争」戦時下の小田原地方を記録する会）。

米軍機が襲《おそ》ったのは湯河原駅であったが、もし六研だったらと考えるとぞっとする。

湯河原は温泉旅館が立ち並ぶ静かな町である。全国各地から、また外国からも大勢の観光客が訪れる。移住してくる人も多い。その湯河原もわずか七九年前は学童疎開と海軍病院と毒ガス研究所の町であった。歴史がくり返さないことを願い、平和が永遠に続くことを祈ってこの物語を書いた。

二〇二三年八月一五日

参考文献

「横浜市の学童疎開～それは子どもたちのたたかいであった～」編集協力：横浜市の学童疎開五十周年を記念する会　横浜市教育委員会「横浜市の学童疎開」刊行委員会　一九九六年

「あのとき子どもだった―東京大空襲21人の記録」東京大空襲・戦災資料センター編　績文堂出版　二〇一九年

「戦争と湯河原」神奈川県立湯河原高等学校郷土研究部紀要3　一九九四年

「戦時下の湯河原」湯河原町立図書館

「日本軍兵士―アジア・太平洋戦争の現実」吉田裕著　中央公論新社　二〇一七年

「大東亜戦争に直面して　東條英機首相演説集」東條英機著　改造社　一九四二年

広島大学図書館教科書コレクション画像データベース

「続温泉権の研究」川島武宜他著　勁草書房　一九八〇年

「日本陸軍の殺人毒ガスを研究していた湯河原町〝六研〟の実態」『西さがみ庶民史録』第八号　一九八四年
「市民が語る小田原地方の戦争」戦時下の小田原地方を記録する会編　二〇〇〇年

著者プロフィール

中村 弘行（なかむら ひろゆき）

1952年三重県生まれ。県立伊勢高校卒業後、東京教育大学、筑波大学大学院で教育学を学び、小田原短期大学食物栄養学科で39年間教員生活を送る。現在は、草刈り、剪定《せんてい》、薪作り、料理、執筆の日々を送る。

著書：「人物で学ぶ教育原理」（三恵社）、「花吹雪つづく道―小田原短期大学最終講義他」（三恵社）、「ものと人間の文化史　寒天」（法政大学出版局）など多数。

みかん山の魔女

2024年１月15日　初版第１刷発行
2024年６月30日　初版第３刷発行

著　者　中村 弘行
発行者　瓜谷 綱延
発行所　株式会社文芸社
〒160-0022　東京都新宿区新宿１－10－１
電話　03-5369-3060（代表）
03-5369-2299（販売）

印　刷　株式会社文芸社
製本所　株式会社MOTOMURA

ISBN978-4-286-24572-0